时光不老，你我不散

杨杨 主编

中国出版集团
现代出版社

图书在版编目(CIP)数据

时光不老，你我不散／杨杨主编.—北京：现代出版社，2015.3

ISBN 978-7-5143-3161-5

Ⅰ.①时… Ⅱ.①杨… Ⅲ.①散文集-中国-当代 Ⅳ.①I267

中国版本图书馆 CIP 数据核字（2014）第 306221 号

时光不老，你我不散

编　　者	杨　杨
责任编辑	赵海燕
出版发行	现代出版社
通讯地址	北京市安定门外安华里 504 号
邮政编码	100011
电　　话	010-64267325　64245264（传真）
网　　址	www.1980xd.com
电子邮箱	xiandai@cnpitc.com.cn
印　　刷	辽宁美程在线印刷有限公司
开　　本	787×1092　1/32
印　　张	7
版　　次	2015 年 3 月第 1 版　2015 年 5 月第 3 次印刷
书　　号	ISBN　978-7-5143-3161-5
定　　价	29.80 元

我们曾如此企盼外界的认可，到最后才知道，
世界是自己的，与他人毫无关系。

你们最终告别，人生，只是下一个地方和下一场戏。

从前忘了告诉你，最爱的是你；现在想起来，
最爱的依旧是你。

不要去恨一个人，那是对自己的折磨。

在爱情没开始以前，你怎么也想象不出会那样地爱一个人。在爱情没有结束以前，你永远也想不到那样的爱竟然也会消失。在爱情被忘却以前，你压根就想不到，那样刻骨铭心的爱只会留下淡淡的痕迹。在爱情重新开始以前，你难以想象还能再一次找到那样的爱情。

任何东西，只要够深，都是一把刀。

有些伤痕，划在心上，哪怕划得很轻，也会留驻于心。

目录

第二辑 写给缘分

第三辑 写给陪伴

第四辑
写给接纳

前言

有人说，真正的爱情，只能是人生之中一场自然而优雅的等待；是百转千回、萍水相逢时，四目相遇怦然心动的声音；是疲惫的旅途中，不期然飘落在你手心的一叶脉脉相通的柔情。

真正的爱情，要等，但前提是你要有等待爱情的底气，要有对抗孤独的能量。每个人，只有把自己一个人的日子过好了，才有可能过好两个人的日子。

所以，如果你现在还是孤身一人，希望你不要把这场等待看成是消耗时间。它应该是一个自我塑造的过程，而你努力长成自己喜欢的样子，不单单是为了某一天可以匹配他人，更是为了让自己活得更有姿态。

其实，爱情的模样有很多，青涩无果的暗恋也好，痛彻心扉的失恋也罢，都是人生中必经的一程，仅此而已。实际上，也正是有了它们，才完整了所谓的“成长”，也成全了所谓的“经历”。

于是，总有那样一天，你终会明白，对于一段感情的结果而言，接纳，才是最好的温柔。无论是接纳一个人的出现，还是接纳一个人的从此不见；无论是接纳一场两个人的天长地久，两个人的地老天荒，还是接纳只属于你一个人的沧海桑田，一个人的独家记忆。

于是，总有那样一天，你会遇到这样一个人，甚至无须开口，两个人自然而然地走到了一起。也许，你们爱得并不炽烈，却经得起流年琐碎；也许，你们没有相遇在彼此最美好的青春里，但却有幸可以相守在已经懂得珍惜的年华里。

其实，当真正懂你、真正对的那个人出现在你生命里的时候，他就一定会让你原谅之前所有的不圆满。而你也应该始终相信，这一生，总会有那么一个人，牵着你的双手，如此温柔，肯将爱融入生命，与你一起，待霜染白发，看细水长流。

所以，如果你现在孤身一人，希望你可以一天比一天更美好，一天比一天更爱自己，然后，遇到一个值得你等待的人，他，爱你如己。

所以，如果你曾经在爱情中经历过伤痛，希望你明白，生命中总有那样一些人，虽然惊艳过彼此的时光，但却注定只能是各自生命中的过客，你们的幸福，并不在彼此的这一站。

然而，时光终究会为你留下真正对的那个人，他会陪伴在你的身边，慢慢地温柔着岁月，他会一字一句地告诉你：“时光不老，你我不散。”

第　一　辑

写给孤独

如果你现在孤身一人，

在坚持和将就中犹豫纠结，希望你能够再坚持一下。

先过好自己的日子，把自己变得更好，才能让相同频率的人看到。

不要把这等待看成是消耗时间，它是另一个自我塑造的过程。

你努力长成更好的样子，不单单是为了某一天可以匹配他人，

更是为了让自己活得有姿态。

在温柔中，不慌不忙地坚强

不要把这等待看成是消耗时间，
它是另一个自我塑造的过程。
你努力长成更好的样子，
不单单是为了某一天可以匹配他人，
更是为了让自己活得有姿态。

一个人单身久了，就变得越来越无懈可击，生活上足够有能力去打理一切，工作上也做得来独当一面，甚至于对待感情，也学会了不勉强、不拖拉，拥有的时候理所当然的珍惜，失去的时候也不过是埋头睡觉、拼命吃东西、看书、跑步、听歌。

这些外在的表象把自己所有的小情绪包裹得光鲜亮丽，留给外人的，就是一副明朗的样子。

这样看来，一个人的日子并没有什么不好。

只是，偶尔在昏黄的夜里就着路灯暗沉沉的光穿过街道，听着风声的时候，会突然觉得自己是孤独的。那种并不深切的孤独，在黑夜里被放大到足以将人吞噬，逼得你掉下泪来。就是这样的时刻，直面着人性中的脆弱，不能逃避，也无法应付。

于是，就会催眠似的告诉自己，或许身边有个人就会好些。我们惯常的思维模式就是，一个人的孤独被分散到两个人身上，就会显得不那么悲切。

好像是二十岁之后，朋友见面，无可逃避的话题就是追问对方有没有男朋友。一些人艳羡、一些人打趣、一些人捧场，主题是关于男朋友的种种。有男朋友的，从此圆心延伸出该男的相貌、工作、家世；没有男朋友的，保持旁听的姿势，表示自己从没停止过寻找，偶尔也会自嘲两句。最后的结论往往是：没有男朋友的要赶紧加把劲儿了。

一夕之间，世界上的姑娘，好像就剩下了两种——有男朋友和没男朋友的。

在这样的环境里，你想躲在生活的背后静静地等待一份想要的爱情，好像就是异想天开了。

其实说到底，人想要的、需要的，不过是这么一个人：他能够收容你落寞的小情绪，不再让你患得患失。即便他不够强大，但足以让你安心；即便他不那么帅气，在你眼里却是百分百的顺眼；即便他不那么宽厚，但足以给你一个臂膀；即便他不够博学，但足以懂你。

这些话，用徐志摩的版本来说，就是在茫茫人海之中寻找灵魂之唯一伴侣。再文艺一点，就是我想要这么一个人，能够陪我在初晴的午后，去山上采一束野菊花，我回头，他的眉眼噙着笑，白衬衫在微风中鼓着凉意，用唇齿间好看的弧度，说着“我爱你”。

可是这些话，你埋在心里，不会对人说。因为一说就破了，没有人懂得，那多难堪。

人，终究还是怕极了不被懂得。

记得很久之前，跟一个朋友聊天，问她想找个什么样的人，她说要找个可以听得懂她说话的。我到现在都能忆起她说这句话时眼睛里星星似的碎光。并且，我始终坚定不移地认为，她一定能够找得到这样的人。因为她是那样好的人啊，善良、坚强、自立，给人温暖也予己温暖，跟她说话的时候，就像四月的阳光洒在你身上，暖得心都要化了。

这样的姑娘从来就不愁没人爱，她们有足够的能力把自己变得更加美好。如果没有等到想要的人，只是因为他和她有着一定的时差，她的水晶鞋已经穿好，他的南瓜马车还没有来，那么就穿着水晶鞋独自跳一支舞吧，只要踩对了拍子，他就一定合得来。

所以，慢慢地等，要相信岁月给得起你时间。

不要把这等待看成是消耗时间，它是另一个自我塑造的过程。你努力长成更好的样子，不单单是为了某一天可以匹配他人，更是为了让自己活得有姿态。

所以，那些抱怨自己等了这么多年，依然没有等到喜欢的人的姑娘，请你问问自己，你的时间真的只是为了落在这么一件事上？

当然，身边也不乏这样的姑娘：碍于压力，随随便便把自己找个人打发了，把恋爱当成游戏里的任务来做，最后也只不过是来也匆匆去也匆匆，回头想想一场梦，还要感慨自己为何感情总是不顺。

可是，亲爱的姑娘，恋爱不仅仅是为了经历，它更像是一个故事，而你是那个讲故事的人，如果开头没有设定好，人物出场之后，难免会七零八落。骨架撑不起来，结局怎能美好？

一辈子那么长，要找个有趣的人在一起。

所以啊，亲爱的姑娘，孤独就是孤独，它不承载任何意义，你熬过去也就好了，说不定就会有那么一天，那个穿着白衬衫的男人会来解除你的孤独。

只是在他来之前，要好好地等待，而不是从旁拉一个人，为了那一时的陪伴，让后来的日子在孤独之上叠上孤独。

未来还那么长呢，风景都还没看透，怎知不会陪你看细水长流？

所以，姑娘，你慢慢来。就像这个世界曾经温柔地等待你成长那样，也用这样的姿态去等待一份爱。就这样子，在温柔中，不慌不忙地坚强。

文 / 沐溪

生活都是先从遇到自己开始的

尽量不要把太多精神寄托在爱情上，
把更多寄托在自己的身上。
期待着一段恋情能拯救自己的人，
结果可能只会把感情累死。
只有自己过得好，两个人在一起才能更好。

人一旦长大，爱上一个人的第一感觉，更像是害怕。

当你身边的朋友圈已经相对固定，你知道应该怎么和身边的朋友相处。与之相比，重新认识一个人，把自己的身心再投入进去，反而像是一种冒险。因为不知道自己该不该付出，因为不知道会不会有结果。尤其是有一些人，披荆斩棘走来已然一身的伤，不见得再有余力，去面对太多的不确定。

其实，世上有很多这样的人，他们大多有着自己喜欢的事情，知道自己想要什么。他们知道，有些事情需要妥协，但有些事情依旧需要坚持。

他们需要爱情，但也从来不会过分依赖爱情；他们懂得现实的重要性，但也不影响他们坚持自己的浪漫；他们会孤独，也会想有个人陪伴，但从来不会病急乱投医，匆忙找到下一个拥抱。

现在，大概也只有这样的人，能够保持从容，真正做到随遇而安。

因为他们并不把爱情看做一种急需完成的试卷，而是一种让自己人生更完整的东西。如果它不能让你比现在过得更好，那宁可不要。而当他们遇到让自己心动的人，一定会果断地付出，因为他们不害怕失去。

所以，如果你现在孤身一人，在坚持和将就中犹豫纠结，希望你能够再坚持一下，先过好自己的日子，把自己变得更好，让自己拥有过得更好的资本，才能让相同频率的人看到。

而当你一旦遇到让你心动的人，可以试着去改变，试着付出，试着了解，至少不要转身就逃跑。

当你失去了再次相信的勇气时，就慢下来，不要着急给出一个答案，更不要急着恨。时间能让你看清很多东西，包括你自己。

其实想一想，能遇到让你重新心动的人很难得，不要因为害怕失去，而主动放弃拥有的可能性。再退几步讲，即使受伤、即使后悔，然而人生能让你后悔的次数并不多，愿你依然能鼓起再次相信的勇气。

总之，无论多着急，或者面临一个什么样的情况，都不要丢了自己。无论多害怕失去，也不要被不确定的事影响了现在。

在大多数的等待或者坚守中，本就有着太多的不可控，你不知道身处的这段感情会走向何方，你能做的，就是把自己变得更懂得珍惜、更优秀，从而能够不再那么害怕失去。

如果说现在的恋情真的需要规避风险，那么这才是规避风险的正确办法。

尽量不要把太多精力寄托在爱情上，把更多的寄托在自己的身上。期待着一段恋情能拯救自己的人，结果可能只会把感情累死。只有自己过得好，两个人在一起才能更好。

人，无论将来会遇到一个什么样的人，过上一个什么样的生活，生活都是先从遇到自己开始的。也许，你现在不喜欢的人以后会慢慢喜欢；也许，你以为永远见不到的人，下一秒就能出现在面前。

所以，随遇而安。

文 / 卢思浩

女人，要有等待纯粹爱情的底气

祝愿那些有底气的男女，
都能成为按自己的方式生活着、幸福着的“少数人”，
无论那方式是安安稳稳，还是轰轰烈烈。

除了爱情什么都不缺的人，才有底气去等待纯粹的爱情。

有这样一类人，他们的生活本来就不缺乐趣、不缺事业、不缺安全感、不缺自信……他们不需要爱情为他们带来更多的东西，爱情为他们带来的只是爱情。对于他们来说，爱情不是风险投资，也没有得失成本，所以心里才能对爱毫无畏惧。

所谓“什么都不缺”，并不是指要美如林志玲，富比李嘉诚才是什么都不缺。这里的“什么”，是指那些能让人过得幸福的东西。

说白了，“什么都不缺”的意思，就是自己想要的东西都能给自己。她要找的人，不是那种他娶她只是因为他在觉得自

己该结婚的时候碰到了她而已，而是因为她是“那个人”。

事实上，世上确实有一种男人，他足够好、足够优秀，看上去，属于那种娶了任何女人都可以很幸福的男人。但问题是，对爱情有底气的女人，却并不想当“任何女人”。

对她而言，自己什么都不缺，唯独缺爱情，如果跟他结了婚，他也许什么都能给她，但就是唯独给不了爱情。而她理想中的爱人，并不单单是一个可以搭伙过日子的人，而应该是“除了我以外，娶了谁都不会幸福”才对。

或许，有人嘲笑过这份底气，因为爱情本来就是凭运气的事，很多时候，有底气，不一定能等来爱情；没有底气的人，也不一定就没有爱情。

其实，无论有没有底气，真爱都是小概率的事。有些人因为概率小，就放弃了，有些人仍旧坚持。当然，坚持下来的，不一定都有幸福的结局，只能说愿赌服输。

但是，到最后能不能遇到真爱，确实得看天意，但不能只看天意。

关于幸福，我很喜欢一段话："幸福感是这样一个分数：所得/欲望。分子是你拥有的东西，分母是你想要的东西。分子越大，幸福感越高；分母越大，幸福感越低；分子和分母一样大，即为满足。"

祝愿那些有底气的男女，都能成为按自己的方式生活着、幸福着的"少数人"，无论那方式是安安稳稳，还是轰轰烈烈。

文/毛路

爱与相爱

对于爱情，所谓的命定就是，没有早一步，没有晚一步，
无论什么时候到来，都是最适宜的。
或者，换一种方式理解就是，它早就为相爱的人等在那里，
只待他们，在各自的路上，马不停蹄地相逢。

爱情，是这个世界最大的奇迹。

所谓“奇迹”的意思是，相逢本身就毫无预料，相爱更是匪夷所思。一个生命与另一个生命，以爱的方式相伴走过，山一程，水一程，是最难以巧合的缘分。

对于爱情，所谓的命定就是，没有早一步，没有晚一步，无论什么时候到来，都是最适宜的。或者，换一种方式理解就是，它早就为相爱的人等在那里，只待他们，在各自的路上，马不停蹄地相逢。

最真的爱，是不为利用的。它简单、纯粹、澄澈，没沾染世俗的一点尘杂。也就是说，在真爱面前，除了爱，双方别无

所求。也正基于此，最真的爱，没有对错之分。因为，超越于世俗之上的美与真，已经无须再用世俗的标准来评判。

没有为爱痛过，就一定没有真正地爱过。

爱得肝肠寸断，爱得死去活来，爱得痛彻心扉，一切关于“痛苦”的字眼，用在爱上都不为过。爱的本质是快乐，痛苦不是走到了它的对面，而是用这种艰难的方式去解释快乐。

爱的左右手，一会儿，会为你摊开快乐；一会儿，又让你攥紧痛苦。其实，真正愉悦的爱，既不是单纯的快乐，也不是单纯的痛苦，而是左右手十指相扣的瞬间。

生命的质量，在一定意义上，是爱的质量。

被爱滋润的生命，会从内到外，散发出迷人的气质。魂不守舍，不是出走，而是回归；不是离散，而是聚合。在这一刻，人内在精神的愉悦感与灵魂的富有感，会水乳交融地结合在一起。也就是说，只有在这一刻，奔波在生活中的很苦很疲惫的心灵，才会被温暖呵护、被激情润泽、被幸福抚慰，才会真正走进生命的原乡。

有的人，周旋在爱之间，只是为欲望奔波了一辈子，却没有为爱真正投入过一次。占有，是爱的共同归宿。但同样是占有，真正的爱，是从身体的欢愉走向两情缱绻，并最终走向灵魂相悦相伴。

相爱是莫名其妙的，相爱的人是莫名其妙的，相爱的痛是莫名其妙的，相爱的喜悦是莫名其妙的。

在爱情面前，没有圣贤，只有一个个鲜活的肉体凡胎。如果在一份爱面前，你一念不起、寸心不乱、八风不动，不是手中已拥有一份真爱，就是根本没有遇到过真爱。在真爱面前，只有两种结果：一是全情投入，一是无奈错过。

爱一个人，默默地爱了好多年，最终没有表白。

这种爱，最是凄清而壮美。对山哭一场，对水哭一场，对春哭一场，对秋哭一场。哭过，笑笑说，放下吧。但最终，山水能放下，春秋能放下，心底的人，放不下。

这种爱，注定是一辈子的欢喜与一辈子的苍凉吧。

文 / 马德

爱自己，是一场终生恋情的开始

不要再等待别人来斟满自己的杯子，
也不要一味地无私奉献。
如果我们能首先将自己面前的杯子斟满，心满意足地快乐了，
自然就能将满溢的福杯分享给周围的人，
也能快乐地接受别人的给与。

世上有一种女人嫁给谁都幸福，跟谁在一起她都能找到快乐，因为她爱自己，她拥有强大的内心，她也懂得去爱别人，懂得创造自己的幸福，而不是向他人伸手索取来的。

所以，不要再等待别人来斟满自己的杯子，也不要一味地无私奉献。如果我们能首先将自己面前的杯子斟满，心满意足地快乐了，自然就能将满溢的福杯分享给周围的人，也能快乐地接受别人的给与。

为什么要爱自己？

因为你很重要，你自己就是你能拥有的全部。你存在，才会感到整个世界存在；你看得到阳光，才会感到整个世界看得

到阳光；你失去平衡，才会感觉整个世界失去平衡；你消失，世界也随之消失了。你就是自己的一切，所以你很重要。

女人要和自己谈一场终身的恋爱。只有爱自己，你才能使自己获得快乐；也只有爱自己，你才能让你身边的人快乐。

做一个对得起自己的人，就是做一个爱自己的人。爱自己的女人，别人才会爱。

爱自己，不是自私，不是自负，而是遵照自己的内心而活。爱自己也不是为所欲为，盲目自大，不守规则，相反的，是去尊重他人，包容他人，因为尊重、包容他人也是在尊重、包容自己，你会因为爱自己，而更注重自己与别人建立起来的良好关系。

爱自己，首先要爱惜自己的身体，重视、珍惜、照顾好自己的身体。你要积极锻炼自己的身体，你要注意休息，不要因为工作而过度劳累，也不要因为熬夜伤身。更不要因为失去某个男人的爱而伤害自己的身体。要避免让自己受到外界的伤害，远离那些会伤害自己的人和事。

爱自己，要学会独立，学会承担，学会对自己负责。你要有一定的经济收入和工作能力，能够养得活自己。你要走出柔弱，告别自卑，摆脱依赖，自立自强自信。

除了经济独立，你还要有自己独立的思想，能够独自对人对事做出判断，能够自己做很多决定，不要一遇到事情就四处问别人的主意，也不要人云亦云，更不要被其他无关紧要人的想法左右。

你可以多读书，多去经历和尝试，努力让自己的心智成熟、思想独立。面对生活中的苦难和不幸，你首先要自己学会承担，因为靠谁都不如靠自己，自己是自己最好的靠山。任何时候都不会背弃你的只有你自己。

在人生路上，面对苦难，如果有人能够帮你分担固然是好，你对他要心怀感激，即使没有也不要气馁，要鼓励自己，积极努力地将自己带出困境。

学会对自己负责，自己去做决定，自己选择朋友和人生伴侣，自己选择要走的人生道路，无论有怎样的结果，你都要对自己负责，不要怨天尤人。

其实，每个人都必须对自己负责，也只需要对自己负责，因为你才是自己生活的主人和创造者。

爱自己，你要稳定自己的情绪，多一点阳光灿烂，少一点凄风苦雨。保持乐观、积极的心态，遇到困难不要害怕和逃避，保持稳定向上的情绪，相信“总有一天会好起来”。

爱自己，你要管理自己的伤痛，给自己设定一个难过的期限，过期就要好起来。你可以带自己去旅行，你还可以多看好电影，多听好的音乐，使自己的气质美好起来。最好你还能培养一点幽默感，为自己和他人的生活增添一些欢笑。

爱自己，你要懂得过有节制的生活。过度地沉迷于一件事，孤注一掷地去爱一个人都是危险的。

如果一个人不爱你，选择转身离去，即使你还深爱着对方，也要尽量克制自己的情感，尊重他人的意愿，不要变得纠缠不清。在情感上有节制，既是爱自己也是爱他人的表现。不要放纵自己，因为这对自己没有好处，只会让心灵更加空虚。

爱自己，最重要的是你要学会尊重自己的内心。

按照自己的心意而活，倾听自己的心声，不要因为他人的目光，挑剔自己、为难自己、委屈自己。把取悦自己放在取悦他人之前，不要为了取悦他人而去做会使自己痛苦的事情。学会拒绝他人是真心实意爱着自己的一种表现，你要遵从自己的内心而活，因为别人的眼睛只看得到你的外表，而只有你才能看到自己的内心。

学会爱自己，不是让我们过度宠爱自己，不是自我姑息自我放纵，而是要我们学会自省、自律，通过不断学习，修行和矫正自己的行为和心智，成长为自己心中喜欢的样子，像一株亭亭而立的美好莲花，不忧亦不惧。

所谓“杯满自溢”，只有爱自己的人，才有能力去爱别人。

文 /meiya

爱情，是一场优雅的等待

人生寂寞难挨，光阴如流似箭。
我们都不愿意一个人孤独地老去，但在你的爱情降临之前，
也请不要随便搭了殷勤客的车。
爱情终将穿透岁月风尘，纷扰人群，
朝你含笑而来，为你幸福盛开。

世间的爱情，总是可遇而不可求。正如张爱玲的那句话，于千万人之中遇见你所遇见的人，于千万年之中，时间无崖的荒野里，没有早一步，也没有晚一步，刚巧赶上了。

可见，爱情的因缘际会，全在一个“巧”字成全。

或许，爱和被爱都不难遇见，难的是遇见合而为一的相爱。爱你的人和你爱的人若不是一个人，那么，爱情还离你很远。爱情，应该是两个人擦出的火花，而不是一个人寂寞的独角戏。

不要以为你爱上别人就是爱情了，很多时候，如果她没“正巧”也爱上你，那么，你追她的脚步再怎么迫切，也只是

一个猎人的一厢情愿。即使到最后你精诚所至，她金石为开了，等待你的，未必是一场有着完美结果的爱情。因为爱情是无法交换的，你的爱换来的只是一种感动之情，此情非彼情。

爱情也不是找来的。若先存着一颗找的心，便已不自觉附上了许多与爱情无关的目的和条件，从而失去了爱情最可贵的品质——纯粹。最终，即便你找到了，但那可能只是一个伴侣，却不是爱人。

所以，爱情不是追来的，也不是找来的。真正的爱情，只能是人生之中一场自然而优雅的等待；是百转千回萍水相逢时，四目相遇怦然心动的声音；是疲惫旅途中，不期然飘落在你手心的一叶脉脉相通的柔情。

真正的爱情，要等。这是一件无奈而又非常自然的事情，也正是爱情之瑰丽神奇动人的所在。爱情灿若花朵，只有以最优雅的姿态，才能不惧岁月沧桑，等到彼此遇见时，才有从容绽放的美丽。

不错，人生寂寞难挨，光阴如流似箭，我们都不愿意一个人孤独地老去。但在你的爱情降临之前，也请不要随便搭了殷勤客的车。爱情终将穿透岁月风尘，纷扰人群，朝你含笑而来，为你幸福盛开。

文 / 佚名

谁会为谁停下脚步

不知从何时起，
我们似乎失去了耐心等待和爱一个人的能力。
你悲伤为何再也找不到为你停下的人，
而其实，你又怎会再像年少时那般皆以真心对人，
还会再为谁心甘情愿地停下？

“我们终其一生寻找的，不过是那个甘愿为你停下脚步陪伴你的人。”这是以前看过的一句话。然而，在找到那个人之前，寂寞却是一堂必修课。

人，逐渐长大就会逐渐懂得，当生命的时光越走越短，能真正进入你心中的人越来越少，曾经根深蒂固的情感，也会慢慢剥离根系，从你的生活轨迹中消逝。有一天，你会开始习惯告别，习惯真的再也不见。

电影里说：“人生到头来就是不断地放下，但遗憾的是，我们却总来不及好好道别。”可是，又有谁没有经历过这样来不及告别的告别呢？

有时还是会突然想起很多人，曾经患难与共的兄弟，曾经敞开心扉的知己，曾经情窦初开对爱情懵懂之时遇见的那些人，还有无数个生命里出现过的身影。只可惜，回忆过后回到现实，很多人却再也没有见过。

那时以为分离只是人生的一个暂停键，却不知真的就此别过，无论彼此留下过再深刻的记忆，如今也已踏上了再无交集的生活。

每个人的青春里，都曾有过一段纯白的时光，曾天真地以为：友谊、爱情，只要坚持，只要彼此相信，便会天长地久，无论相隔多远，无论过去多久。可是后来忽然明白，生命中，很多人只是过客而已。

于是就会有那么一段时光，每个人都开始感慨生命里来来去去的人，说着“千万不要去翻你和一个人的聊天记录，让一个人从陌生走近你，然后再陌生”，“你会发现，曾经存在而后被理所当然地忘记，比从来没有存在过更加悲哀”，“今日陌生的，是昨日最亲的某某”。

这样的叹息也许多少觉得有些矫情，可是青春里，就该有这样一段矫情的时光，有悲伤，爱回忆，念过去。

可是，也一定要放肆地矫情过，长大后才明白，人的情感其实都是有期限的。爱、憎、恨，这世间所有的感情都有期限，过了这个期限，一切都化作似水流年。过了这个期限，人也不会再那般天真，不会再那般单纯，不会再那般固执地相信。

那些青葱岁月，总有一天会无声无息地深埋心海；那些青春里可爱的人，也只得挥手别过。

而有一天你发现，身边的人都开始自顾自的奔向未来，再也找不到曾经那般真挚的朋友，友谊中掺杂了利益的成分，感情中混入了现实的味道，人的内心被物质和权力沾染。

你会迷茫为何再也找不到真挚之人，不知自己的一片真心能托付与谁。你看着身边来来往往的身影，在你生命中肆意而为地穿梭，给你欢笑和伤痛，让你欣喜或难过，可最后都转身离去，各奔前程。

你只是想要有个人能为你停下，听听彼此的故事，分享彼此的苦乐。可又有谁，会再愿意为你停下脚步，来安静地看看你的伤疤，听听你的苦衷，慢慢地了解你呢？即便停下，恐怕也只是片刻。

不知从何时起，我们似乎失去了耐心等待和爱一个人的能力，你悲伤为何再也找不到为你停下的人，而其实，你又怎会再像年少时那般皆以真心对人，还会再为谁心甘情愿地停下？

也许，他们并非不愿，只是长大后的我们，身上背负了太多生活的责任，有着太多的无可奈何。

念旧的人，依然会想起、会思念，但终归会回到自己的生活，继续马不停蹄地奔向自己的未来。

村上春树说：“从今天起，你要去做一个不动声色的人，不准情绪化，不准偷偷想念，不准回头看，去过自己另外的生活。你要明白，不是所有的鱼，都会生活在同一片海里。”

终于懂得，每一个人都有自己的路要走，为了梦想，为了责任，为了配得上自己受过的苦难。而人的成长，注定是一场孤独的旅途，不如索性独自走出这一程的精彩。

我们首先要学会不奢求别人，不依赖别人，自己来温暖自己，自己来治愈自己，自己来给自己力量和勇气。

我们都一样，要学会承受人生必然的孤独与无助，挺过去，才能看见美好和繁华。

人，终究要学会自己来陪伴自己。

于是，真正喜欢上了三毛的那句：“如果有来生，愿做一棵树，站成永恒，没有悲欢的姿势。一半在尘土里安详，一半在风里飞扬，一半洒落阴凉，一半沐浴阳光。从不依靠，从不寻找，非常沉默，非常骄傲。”

去为你的未来奔跑吧，那个甘愿为你停下脚步的人，只会在前方等着你，而不是在过去。

文 / 陈亚豪

总会有这样一个人

每个人的生命中，
都会或早、或迟、或正当时出现这样一个人，
他能改变你人生的轨迹，能使你绽放，也能让你枯萎；
他能使你在绚丽中消逝，亦能使你在消逝时重生。

每个人的生命中都会或早、或迟、或正当时出现这样一个人，能改变你人生的轨迹，能使你绽放，也能让你枯萎；能使你在绚丽中消逝，亦能使你在消逝时重生。

也许昙花一现，也许地老天荒。不论已是曾经，或许正在经历，亦或许还在未来等待，每个人的生命中，总会有这样一个人。

这个命中的人，在你的人生中有着举足轻重的地位。他不一定十分优秀，却在你眼中完美无瑕；不一定能力非凡，却是你生命中的万丈光芒。

他可以收留你颠沛流离的心，可以包容你所有的缺点，可

以读懂你内心深处的声音。

生命会因为这样一个人的出现而变得丰盈，让流浪的灵魂因相爱而变得安宁。

世间万物没有既定的轨迹，而任何的相遇，或许都逃不过一个命定的结局。

这样一个人，可以和你从青春年华走到花甲之年，爱的诗行一直是彼此最美的陪伴，即便时光流转，关于爱的诗句却永远年轻。

当然，并不是所有的相遇都会守候成美丽的风景。是缘，是劫，未有定论；是爱，是恨，从不言悔。

诚如张爱玲在《半生缘》中所说："我要你知道，在这个世界上有一个人会永远的等着你，无论在什么时候，无论你在什么地方，反正你知道，总会有这样一个人。"

或许，每个人都是这样一路走过来，前半生用来经历，后半生用来醒悟，就这样在半梦半醒之间，阅尽人生的风景。

俗尘世间，茫茫人海，这个人在哪里，何时会出现，不是刻意就可发生，不是无心就可隐匿。

对的时间遇上对的人，演绎白首不相离的旖旎缠绵，若是对的时间等待错误的一个人，注定只是一场樱花坠落的惋惜结局。最令人痛彻心扉的是，错过时间的流转，因爱成伤而无奈的叹息——不如不遇倾城色。

岁月的薄凉，毫无转还之地。回首来时路，生命的印痕清晰却又遥远。清晰的，是这过往的全局；遥远的，是一切已恍如隔世。

这一场旅程，繁华至落寞，相遇至分离，拥有至荒芜，不倾城、不倾国，却倾其彼此的所有。

当一切尘埃落定，站在时光的末路，是不是也会像张爱玲那般笃定清明地说："在这个世界上有一个人会永远地等着你，无论在什么时候，无论你在什么地方。"

文/佚名

只为等待一个人

有一种单身，并不是没有人喜欢，只是，
他们不愿意用一份不是真爱的爱情，来结束自己的单身。

寂寞这种东西，对于每个人来说，都算得上是身体里的一块肋骨。原来，这世上有许多人，不是不想告别单身、告别寂寞，只是为了那份感觉、那份爱，或者是那个一直藏在心底的人，而甘心静静地选择一个人生活，甘心选择与寂寞牵着手，与孤独相依靠。

有一种单身，并不是没有人喜欢，只是，他们不愿意用一份不是真爱的爱情，来结束自己的单身。他们一直努力着，一直奋斗着，他们不在乎别人是否知道，不在乎别人是否理解，他们只想摘下那朵一直开在心里的真爱之花。

有一种单身，不是对爱没有企求，只是为了那个人，甘愿将一切都埋藏在心里，甘愿在别人出双入对的时候，一个人孤独地挺过。因为他们始终相信，那个他所等待的人终会有一天转过身来，拥抱自己，再不离开。

有一种单身，为了爱可以放弃一切，他们不在乎自己这样的等待会错过多少人。

有一种单身，为了爱可以付出一切。他们不担心自己用了多少时间去等，自己付出了多少努力。因为他知道，自己所等的那个人总有一天会出现，会了解，他们的爱会经得起沧海桑田，他们会不离不弃，他们会一起迎来一场真正的天荒地老。

有一种单身，只是为了等待一个人，那个该等的人，给她幸福，一起相依着，走完人生剩下的路程。

有一种单身，只为那最值得的一个人等待。

文／佚名

有一种单身，叫“宁缺毋滥”

宁缺毋滥的人，
他们希望自己的每一段情都是自己人生中刻骨铭心的回忆，
甚至于会因为想寻找一份真爱而执着地等待，
哪怕是用一生。

宁缺毋滥的人，他们在茫茫人海中，只想找一个能让自己对得上频率的人，他们可以让自己孤独，让自己寂寞，但就是不可以让自己谈一场随随便便的恋爱。

宁缺毋滥的人，他们对爱很专一，也很执着，他们不会轻易去开始恋爱。他们尊重自己的感情，也尊重别人的感情，他们不会浪费双方的时间和青春，让爱情变得无所谓。

宁缺毋滥的人，他们会有自己的异性朋友，但交往中绝对会为彼此设定底线，不会轻易越过。

或许有些人，他们的恋爱只会持续几个月，结束了以后，很快又开始了新的感情。他们大概只是想找一个伴儿陪伴自己，让自己摆脱寂寞。因此，当他们结束一段又一段感情时，他们不会有伤感，因为他们没有用过情，确切地说，没有用过很深的感情。

而宁缺毋滥的人不是这样，别人永远无法把他们与花心联系在一起。

宁缺毋滥的人，是愿意相信感觉、相信缘分的人，他们不会为结婚而结婚，他们是珍惜生活的人。

宁缺毋滥的人，他们希望自己的每一段情都是自己人生中刻骨铭心的回忆，甚至于会因为想寻找一份真爱而执着和等待，哪怕是用一生。

文 / 甜橙

一个人愿意等，另一个人才愿意出现

只有当你有了能量、笃定并有信心时，
你所遇见的人才会不一样，你的世界才会不一样。
尽管仍然会有遗憾，有不尽人意的时候，仍有孤独，
但是你会觉得，这样也很好，总会有更好的人出现。

有人说：“一个人愿意等，另一个人才愿意出现。”然而，只有当你有了能量、笃定并有信心时，你所遇见的人才会不一样，你的世界才会不一样。尽管仍然会有遗憾，有不尽人意的时候，仍有孤独，但是你会觉得，这样也很好，总会有更好的人出现。

我会做一个温暖的人，做一个爱笑的人。快乐，并懂得如何快乐；快乐，并感染身边的人快乐。偶尔任性，却不犀利；偶尔敏感，却不神经质。乐意和大家分享所有开心和不开心的事情。

高兴，就笑，让大家都知道；悲伤，就哭，然后当作什么

也没发生。

不轻易流泪，不轻易伤悲。偶尔，只需要一个鼓励的微笑，就可以说服自己继续坚强下去。

我会心存感激，时常记得在心里默念那句话——美好，是因为相信。真爱只有用真爱才换得回来，所以，我相信。

我会了解和明白，世界上并没有十全十美的人，认定了最适合的那一个，就该一直坚持下去。只要他也爱我，我就会对他好，用尽全力，就算最后会受伤也不后悔。

我会欣赏他，因为他是我的骄傲；

我会逗他笑，因为想看到他开心时的样子；

我会对他好，因为他是我唯一的选择。

我会善于遗忘，善于把我们的不愉快格式化。我喜欢的爱情不是王子与公主的童话，而是为对方着想到忘了心疼自己。

我会永远不放弃希望，希望可以被宠溺、被心疼、被保护。希望可以保护好我想保护的人，希望有一天背上行囊，和他一起流浪，希望拥有白头偕老的爱情。

文 / 佚名

陪伴是最长情的告白

也许有一天，那些和单身“死磕”的好姑娘们会想起，
原来，陪伴才是最长情的告白。
比起“我懂”“我来”“我能”都要来得弥足珍贵的，
是“我在”。

曾几何时，看看周围发现真的有一些极其优秀、有能力的姑娘，独立到不行、要强到不行、好到不行，生活的品位达到了一定的高度。但是，感情的路却是一路跌跌撞撞、磕磕绊绊，走得无比艰辛，依然在和单身“死磕”。

这些“死磕”的姑娘或许曾经遇到过一个人，满满当当地填充了生命中的一段最好的时光，但是最后仍孑然转身，徒留一场漫长而深刻的回忆。

而当有一天遇到其他想给她幸福的人，她或许会想：“他很好，只是，他不是他。”

其实，她所执念的，究竟是那个人，还是那种爱情本身？

总是会想，有一天，总会有一天，会出现那样一个人吧，不需要跟她比肩，但有温柔的脾性；对别的人礼貌而疏离，但总是以最合适的距离陪伴在她身边；在他自己的父母面前还是小孩子的心性，却为她显示出成熟。

他们互相依赖，拌嘴、吵架然后又和好，却无法分离。他们彼此拥有的都不多，但对于彼此都已经足够。

也许有一天，那些和单身“死磕”的好姑娘们会想起，原来，陪伴才是最长情的告白。

比起“我懂”“我来”“我能”都要来得弥足珍贵的，是“我在”。对错过的人念念不忘，竟生生忽视了相守的绵长悠远。

有时候，城市太大，门槛太多，她和他都一个人走了好远。

实在到不了远方也没关系，有那个人陪伴在身边，就总不至于一无所有。在那个人的身边，絮叨、抱怨、软弱都来得那样理所当然，就好比她是被需要的，他是能信任的。

在那些最深刻的年少轻狂的盲目冲动消逝后，登场的是不是就应该是相知、相守的细水长流？

文／佚名

做一个温暖的女子

希望，你做一个温暖的女子，
不是无所不能，却是身边的人永远可依的臂膀；
不是无坚不摧，却会平复、疗伤，然后继续铿锵向前。

每一个优秀的人，都有一段沉默的时光。那一段时光，是付出了很多努力，忍受孤独和寂寞，不抱怨不诉苦，日后说起时，连自己都能被感动的日子。

人，其实不必过于迷信一见钟情，那种一瞬间的眼缘或许持续不了多长时间。缓慢地爱上一个人，从此，才最难戒掉。

爱情也分两类。一类悬浮在时间里，膨胀如烈火，激情；另一类沉淀在岁月中，蓄积如静水，深沉。有些感情，总是走得很慢、来得很晚，没关系，只要它是真的。

总以为单身没什么不好，总以为自己可以搞定生活的一切变故，总以为那些卿卿我我的故事没什么值得羡慕，总以为一个人也可以过得很精彩。

但是偶然间，看见拥挤的公车上他为她圈起的独立空间，竟然会心中恍然、空荡、微酸。没什么好丢脸的，不得不承认，无论多么坚强，你还是需要一个温柔的拥抱。

希望，你做一个温暖的女子，不是无所不能，却是身边的人永远可依的臂膀；不是无坚不摧，却会平复、疗伤，然后继续铿锵向前。

希望，你做一个有爱的女子，找到一个有爱的人。

文 / 佚名

我会这样讨好自己

在你缺席的日子里，书籍、电影、音乐、旅行，
它们陪我度过了美好而静谧的岁月。在你出现了以后，
我还是会跟它们做伴，还是会这么讨好自己。

路过影城，巨大的LED屏幕上播放着最新爱情片的预告，心里有种想进去看的冲动，但是终究还是犹豫了，看着小情侣一对接一对地走进去，自己的形单影只却显得如此异类。

多少人有过这样的经历？可是，一个人，为什么不能去看一部好电影，一个人，为什么就该放弃享受生活？

看好电影是不分跟谁在一起的，就像是过令自己愉悦的好的生活不需要非要有什么硬性条件一样。所以，未来出现在我生命里的那个人，我会爱你，但是也会更爱我自己。因为，爱自己，才是一生的罗曼史。

爱自己，并不是因为现在没有一个“你”来爱我，而是，

我是属于我自己的，所以，好好爱自己，才不会断了自己所有的后路。

未来会陪我度过一生的那个人，在我的人生里，虽然你已经迟到了一小会儿了，不过没关系，我可以等你。

在你缺席的日子里，书籍、电影、音乐、旅行，它们陪我度过了美好而静谧的岁月。在你出现了以后，我还是会跟它们做伴，还是会这么讨好自己。

很多时候，我甚至觉得你已经找到了我，并且远远地看着我。我知道你为什么要迟到，为什么不跟我相见，因为你希望我再努力一点，再坚强一点。

人，必须独自走一段更远的路，才能看到更多的风景，才能够被这个世界更温柔地对待。

人，十五岁的时候，不会再期待五岁的时候得到的洋娃娃；二十岁的时候，不会再期待十五岁时想得到的 MP3。在没有你的日子里，我会生活得很好，遇到了之后，愿我们都已懂得珍惜。

文 / 佚名

第　二　辑

写给缘分

我在等一个人，一个可以把我的寂寞故事画上休止符的人；

一个可以陪我听遍所有悲伤情歌，却不会让我想哭的人；

一个我可以在她身上找出一百个缺点，却还是执意要爱她的人；

一个会对我说，我们有坑一起跳、有苦一起尝、有一辈子就一起过的人。

如果遇到这样一个人

如果你遇到一个人，
让你开始计划着接下来的一年、两年、三年，
甚至十年都不会变，
你就应该相信，
他是你未来不可错过的一个人，一个新的开始。

如果你遇到这样一个人，或许，你就应该再相信一次爱情。

你们莫名地了解对方，不需要花时间来联系就很合拍。你们坦然地讲述着各自的过往，而你会在某一瞬间突然问自己，为什么他没有再早一点出现？

这时候，你就应该再相信一次爱情。

你们彼此很亲切，讲话随意得不用字斟句酌，能放松、舒服地彼此相处。

或许，这一切都有一点不知不觉甚至于后知后觉，当时的你们谁都不知道。

如果你遇到这样一个人，让你开始计划着接下来的一年、两年、三年，甚至十年都不会变，你就应该相信，他是你未来不可错过的一个人，一个新的开始。

遇到开心或者不开心的事，都很想让他知道；而他心里的想法、他平时的习惯、他写过的只言片语，你同样也想了解。

如果你遇到这样这样一个人，在你心情不好的时候，他的几句话能让你莫名其妙地安静下来，让你冷静、安心。偶尔，你会不自觉地放慢速度，回忆着有关他的一切。

他给你起了一个昵称，最初你并不以为然，然而，叫着叫着，你竟反而上瘾了。

如果爱情缺席的时候，学着过自己的生活。过自己的生活，就是跟自己谈恋爱，把自己当成自己的情人那样，好好宠爱自己，做一个连自己都能觉得自己光芒万丈的人。

如果上面的如果都发生了，或许你就应该试着勇敢一次，疯狂一次。

当然，前提是你能确定，你们玩的并不是“大冒险”，而是“真心话”。

如果你遇到这样一个人，不要错过。

其实，人都会渐渐地屈从于现实的温暖。再有钱的男人，也比不上一个知冷知热疼你的男人重要；再多的爱马仕，也抵不过每天早晨都愿意跑几条街，为你买豆浆油条的小幸福；再好听的甜言蜜语，也不如你需要时就会陪在身边肩并肩的相伴。

世界上最奢侈的人，就是肯花时间陪你的人，而对的人，迟早总会遇到，无论他在哪里。

文 / 佚名

生命中，似乎总有一种承受不住的痛，有些遗憾，注定了要背负一辈子；生命中，总有一些精美的情感瓷器在我们身边跌碎，然而那裂痕却留在了岁暮回首时的刹那。

爱情是没有逻辑可言的，各有各的姿态，你爱了，便是爱了。

我们不能保证每一段爱情的永恒，但最起码能保证它的真诚。

许多事情，总是在经历过以后才会懂得。一如感情，痛过了，才会懂得如何保护自己；傻过了，才会懂得适时地坚持与放弃，在得到与失去中，我们慢慢地认识自己。

因为害怕拒绝而不敢伸出双手，因为不愿主动而错过爱情，人世间最大的悲哀莫过于此。生命经不起等待，爱情经不起错过。在对的时间遇到对的人，这是多么奇妙的缘分，每一个不懂珍惜的人最终都会以遗憾收场。

有时候，我们愿意原谅一个人，并不是我们真的愿意原谅他，而是我们不愿意失去他。道歉并不意味着你是错的，只是意味着你更珍惜你们之间的关系。

爱，不是寻找一个完美的人，而是学会用完美的眼光，欣赏一个不完美的人。专一不是一辈子只喜欢一个人，是喜欢一个人的时候一心一意。

执子之手，与子偕老。当初的誓言，后来的责任，最后的习惯。

茫茫人海中谁遇见了你，你邂逅了谁；谁错过了你，你注意了谁；谁陪你走了一程，你陪谁度过一生？一路上的行走，你会遇上很多人，也许是陪你走一站的，也许只是一个过客。于是生命中留下了许多逗号，一段经历一个逗号，一段感情一个逗号，一段付出一个逗号……无数个逗号的等待，只为最终那个句号。

终有一天

终有一天，会有一个人，我会喜欢他很久，很久，
久到我想不起来是怎么喜欢上他的，久到我忘了回忆。
终有一天，会有这么一个人出现在我的生命里，
他，爱我如己。

我知道终有一天，我会遇到一个人，无需彼此开口，两人很自然而然地走到了一起。不管是在人山人海的城市里相遇，还是在面朝大海，春暖花开里邂逅。相视而笑的温暖，如久别重逢的朋友。

我知道终有一天，会有一个人，即使我什么也不说，他也懂得。

我知道终有一天，会有一个人，拉着他的手，即使闭着眼也不会害怕迷路。

我知道终有一天，会有一个人，即使全世界都不相信我，他也会站在我身边。

我知道终有一天，会有一个人，他难过着我的难过，悲伤着我的悲伤，快乐着我的快乐。

我知道终有一天，会有一个人，也许爱得不够轰轰烈烈，却经得起流年琐碎。

我知道终有一天，会有一个人，我可能不是他的初恋，但一定是他最后的陪伴。

我知道终有一天，会有一个人，不用我割舍自尊，那么卑微地去爱他。

我知道终有一天，会有一个人，他会把我写过的只言片语细细品读，读出所有他迟到的时光里的我。

我知道终有一天，会有一个人，不需要我拼命逞强，只需要我一直是他的小女人。

遇上他，也许不是在最好的青春里，但一定是在彼此都懂得珍惜的年华里。

我知道终有一天，我会遇到一个人，他也许长得不帅、没有满腹经纶、没有腰缠万贯，但他却能令我安稳。他不会花前月下的浪漫，但会很细心地呵护着我们的家。

我知道终有一天，会有一个人，他的笑是全世界最好看的笑，那笑容就那样深深地撼动着我的心。

终有一天，会有一个人，我会喜欢他很久，很久，久到我想不起来是怎么喜欢上他的，久到我忘了回忆。

终有一天，会有这么一个人出现在我的生命里，他，爱我如己。

文/青梅

爱情这道题，负负并不得正

在爱情这道数学题里，负负并不能得正。
一个同样具有负面能量的人，会把你的人生拖垮。
所以，去爱一个拥有正能量的人吧，
他们会给你惊喜，同时也会带给你感悟。
他们让你把路走直，戒断所有扭曲的价值观。

不要跟消耗你的人在一起，因为未来总是属于拥有正能量的人。

每个人的生活都一样，在细看是碎片，远看是在时间的长河中寻找着幸福，寻找着能够让自己幸福的一切事物：健康、平静、物质、荣誉、成就。

既然你想幸福，就去找一个能够让你感到幸福的人，去爱一个给你正能量的人吧。

不要找一个没有激情、没有好奇心的人过日子，他也许只会窝在家里唉声叹气，抱怨生活怎么这么没劲。

他也许只会打开电视，翻来覆去的调换频道，好像除了看电视再也想不出其他的娱乐项目。

拥有正能量的人，对很多事情充满好奇，无论遇到什么样的新鲜事物都想尝试一下。会带你去尝试一家新的餐厅，带你去看一场口碑不错的电影，带你去体验新推出的娱乐节目，带你去下一个陌生、美丽的城市旅行。

你会发现世界很大，值得用尽一生去不断尝试。

不要找一个没有安全感的人过日子，他们一直在排查可能的不幸，焦虑未来的灾难，他们一直在想失败了之后该怎么办。

拥有正能量的人，会对生活乐观、对自己信任，他们知道生活本来就悲喜交加，所以早已学会坦然面对。当烦扰来袭时，能理性接受和解决。

拥有正能量的人，坚定自己的信念，拥有人生的目标，知道自己的所需，并为之不断努力。他们欢迎变化也制造进步。

当困难来临，他们不嫌麻烦或贪图安逸，他们知道，山丘后面会有道更美丽的风景。

他们能够正确认识自己，有自知之明，不会自我贬损也不会自我膨胀。他们在该独立的时候独立，该求助的时候求助。乐观和自信后面，深藏着对人生的豁达与包容。

拥有正面能量的人，拥有大智慧。他们分得清世界的黑白曲直，不会夸大事情的不利面，不会在人生的道路上跑偏，也不会随波逐流。

他们明白人人都有阴晴圆缺。他们在你需要时给你最中肯的建议，有原则却又求新求变，有主见却又听得进劝。

不要找一个容易放弃的人过日子。他们缺少信仰，也没有梦想。他们遇到挫折的第一反应和最终反应都是逃避，他们可以放弃整个世界。

人生是一个选择的过程。人生最重要的选择，就是选择和谁在一起，选择和谁成为朋友，选择和谁结婚……

在爱情这道数学题里，负负并不能得正。一个同样具有负面能量的人，会把你的人生拖垮。所以，去爱一个拥有正面能量的人吧，他们会给你惊喜，同时也会带给你感悟。他们会让你把路走直，戒断所有扭曲的价值观。

擦亮你的眼睛，用心去寻找一个具有正能量的人吧，让他引导你的灵魂和行为。潜移默化之中，你会看到一个更好的自己。

文 / 张微微

爱情，本没有固定的模样

感情这件事，没有所谓的般配不般配，只有适合不适合。
不是每个人都能遇到自己想要的那个人，
但是，每个人都会遇到一个适合自己的人。

为什么我们一定要为爱情定下那么多条件？很多时候，你想要的，未必是你需要的。每一件事情都是未知的，更何况是爱情。

这个世界上一定有近在咫尺、天天见面却最终分开的爱情。同样，在这个世界上也一定有跑得赢时差、撑得过距离的爱情，只要她相信，只要你坚持。

你遇到那个人之前，你不会想到你会爱上那样的一个人；在你遇到那份感情之前，你也完全不会想到自己会拥有这样的一份感情。只有等到你遇到之后，才发觉，自己之前的论调完全被推翻了。

或许，年轻的时候，你会期待王子骑士般的爱情，却又羡慕旁人平淡恬静的爱情；你想要《泰坦尼克号》般炽热轰烈的爱情，却又受不了那样的转瞬即逝。

你想恋爱却又怕不自由，你想单身却又怕太孤单。

这世界上从没有一成不变的感情，热烈的爱情也许会归于平静，平静的爱情也许在某一天也会突然变得热烈灿烂起来。

你想要热烈的爱情，也许到最后，适合你的只是细水长流；你想要悠长恬淡的爱情，可也许最让你刻苦铭心的却是那一瞬间的冲动。

同样的，这世上也没有完美的爱人，只有时间能让他逐渐变得完美，你们会不停地磨合，然后学会包容对方。

于是，当有一天，你遇到一个看起来完美的人，也许你们并不适合彼此；而当有一天，你遇到一个完全意料之外的人的时候，也许他才是你的真命天子。

爱情本来就没有固定的模样，你拥有的，就是你的爱情的模样。

记得，永远都不要用你“以为”的去衡量或断定爱情，因为这是一个你永远都难以下结论的命题。在你看起来艰难的，在他们看起来也许很简单；你看起来不般配的，他们觉得没什么。

感情这件事，没有所谓的般配不般配，只有适合不适合。

不是每个人都能遇到自己想要的那个人，但是，每个人都会遇到一个适合自己的人。遇到那个人之后，一切复杂的条件都不再适用，一切喧闹的表面都归于沉静，变得简单，变得无法用条件来限定。你无需处心积虑，无需机关算尽地去抓紧他，他也不会离开你的身边。

所有的标准都是为了不爱的人准备的，而当你遇到让你心动的人之后，你的标准就不再是标准了。

这是没有道理的，就像你不知道，为什么有的人能让你魂牵梦绕很多年。那些感情是没有原因的，你爱她，不知道为什么。

如人所说，不管你曾经被伤害得有多深，总会有一个人的出现，让你原谅之前生活对你所有的刁难。

文 / 卢思浩

最好的爱情

世界上没有完全合适的两个人，
只有不停地调整步伐，共同努力，
才会出现相濡以沫，一起变老的美好景象。

这世上，没有完全合适的两个人，只有互相迁就的两颗心。

有些人越来越赞同，这世界上最好、最踏实、最有温度的爱情，其实并不是白富美找了高富帅，也不是满腹经纶的俊朗才子配上美貌如花的粉黛佳人，而是你明明在等白马王子，最后却被一枚无名草根收了心；你本来一心想着觅得一位琴棋书画样样精通的氧气美女，最后却栽进五音不全的邻家女孩的感情里，无法自拔。

所以，最好别给未来的爱人设定太过具象的标准，也别说要找个完全合适的对象了。因为世界上没有完全合适的两个人，吸引你的地方往往只有一两点，而还有那么多的不足需要你去接受。真正的爱，是你不仅能接受他的优点，也能包容他的缺点。

如果有一天，你能把他的缺点都看顺眼了，那么你一定是爱上他了。

世界上没有完全合适的两个人，只有不停地调整步伐，共同努力，才会出现执手相濡以沫，一起优雅变老的美好景象。婚姻除了有很好的爱情基础，就是要双方有责任感。世界上外在的诱惑还有很多，如果都以不合适为由选择逃避，是永远没有尽头的。

愿你找到愿意为你改变频率的那个人，一个会散发温暖的人。

文 / 居经纬

不骗你，不伤害你，陪着你

爱情，本就是件宁缺勿滥的事，急不得。
要学会一个人生活，不论身边是否有人疼爱。
做好自己该做的，有爱或无爱，都安然对待。

或许，爱情本就是件宁缺勿滥的事，急不得。要学会一个人生活，不论身边是否有人疼爱。做好自己该做的，有爱或无爱，都安然对待。

缘分到了，便去伸手抓住，缘分未到，就让自己活得精彩。不是有了缘分，生活才会精彩，而是生活精彩了，才会吸引缘分。

真正的爱情，不是付出全部，而是让自己成为更好的人。爱一个人没有回应，与其乞讨爱情，倒不如骄傲地走开。

在爱情里，最在乎的一方最后往往输得最惨，找个让你开心一辈子的人，才是爱情的目标。

最好的，就是在你身边最久的。

爱情是世界上最没道理的东西，它不是天道酬勤，不是你通过辛勤的努力和付出，就能得到百分之百的回报；它不是数学题，只要演算方式无误，就一定能找到正确的方向和出口，求得正解，它需要两个人彼此情投意合，共同努力才能持续下去。

一个人要死要活想得到你，这不是爱情，而是占有欲。一个真正爱你的人，并不会想尽办法来得到你，不会满口谎言地骗你，不会花言巧语地取悦你，而是用心地帮你，一心为将来打算。爱你的人，有时候连死缠烂打都做不到，只是默默受伤，默默看你。爱得越深，就爱得越胆怯。

所以，选爱人不需要太多标准，只要三样：不骗你，不伤害你，陪着你。

文 / 佚名

欣赏

在漫漫的人生旅途中，你会相识、相遇很多的人，
不同的人身上有着不同的品质及魅力，
真正能打动你的人，可能不止一个，
于是，欣赏、喜欢和爱便成了我们最难把握的尺度。

我们生活在一个五彩斑斓的世界，在这个世界里，不但有着美丽的风景，同样也有着不同个性、不同气质、不同人格魅力的人。

在漫漫的人生旅途中，你会相识、相遇很多的人，不同的人身上有着不同的品质及魅力，真正能打动你的人，可能不止一个。

于是，欣赏、喜欢和爱便成了我们最难把握的尺度。

不同的人、不同的品位，会对同一幅景象产生不同的感觉。晶莹的雪山有着冰清玉洁的美，潺潺的小溪有着清秀自

然的美，波澜壮阔的大海有着宽广豪放的美，每一种美都给人不同的震撼。人性的弱点就是想占有，想占有自己喜爱的一切东西。

其实，爱是一种用心投入的狭隘的情感，它美好，但也独立、排他。当你爱一个人的时候，难免想完完整整地拥有他，包括他的思想、他的情感以及他的整个人。

但是，当你用一种平常的心境去认识一个人、结交一个人的时候，你便会没有了一些私心杂念，你们便可以自由随意地交往，心也便会一点一点地交融，真正的情感便会在你欣赏的眼光中建立起来。

所以，不要奢望你能拥有很多，要学会用一种平常心，去欣赏一个人。

很多时候，能拥有一个好朋友，比拥有一段感情要平实得多。友情同样是一种爱，甚至是一种更长久、更至诚的爱。

这世上的有缘人，不一定都要相爱，也不一定都要相守，要学会欣赏。要知道，有些人爱你，却不能给你归宿。所谓最隽永的感情，永远都不是以爱的名义互相折磨，而是彼此陪伴，成为对方的阳光。

荷尔蒙只负责一见钟情，而你要找的，是白头偕老。

文／佚名

享受一个人生活，与孤单握手言和

经过了孤单独处这堂课，你就会知道，
即便有一天，全世界都抛弃我，我也会活得很好。
这是发自内心的坚持，是一笔最大的财富。

孤单就是这样一种东西，没有觉察到的时候，它就不存在，而一旦觉察，它便如影随形。

女孩子，一定要过几年一个人的生活，至少一年以上。让女孩子一个人生活，不是为了锻炼自己做家务、整理房间、烧菜的能力，而是学习如何与自己相处。

而在女人的一生中，没有比学会如何与自己相处再重要的了，这是女人的一个根基，因为一个不会与自己相处的人，也一定不会和他人相处。

一个人独立生活，尤其是女人，关系到一个底气的问题。

它会带给你一种不依傍的自信。这种来源于自身的能量，可以让女人在恋爱或者是婚姻中，留有属于自己的空间。

女人失去自己，断断不会是因为爱上了一个人，而是在此之前，就没有觉察到自己的存在，只不过，之后被更深地淹没了而已。在很多年里，同学、同事、朋友前拥后抱、热热闹闹，让人误以为这就是生活的常态。但其实，孤单才是永恒的状态。

学习如何与自己和解、如何与孤独相处、如何与时间为伴，是每一个人的必修课。而且，它如同养分，对人的滋养是缓慢渗透的，所以这堂课，越早上越好。

经过了孤单独处这堂课，你就会知道，即便有一天，全世界都抛弃你，你也会活得很好。

这是发自内心的坚持，是一笔最大的财富。女生都渴求来自男人的安全感，倘若她们有过一个人生活的经历就知道，自己给予自己的安全感，来得更实在。

不论现在独自生活的你有多么艰难，一定要坚持下去，直到自己能够享受这种生活，并真正获得它的滋养，与它握手言和，才能去过另一种热闹纷扰的生活。

倘若此刻，你虽在人群里狂欢但仍觉孤独，那么让自己享受这个独居的机会吧，你不知道它会有多么美好。

文 / 蓑依

写给即将到来的遇见

人这一生，总会遇到几个相知的人陪伴自己，
有些人来得早，有些人来得晚。
你的过去我来不及参与，但是你的未来我会与你并肩。

一直相信，有些遇见是命中注定，就像茫茫人海中，有些人转瞬便消失在各自的生命里，有些人却能深深地烙进心底。

时光匆匆，岁月一直静静地向前流淌着，生命里的那些人来了又走了，有多少人能陪着自己一直走下去呢？不必去追寻答案，唯有珍惜眼前的时刻，珍惜自己走过的所有日子。

时常想起这句话，“有缘的人，总是在花好月圆的时刻相遇，在对的时间里，明白应该明白的事，不多也不少，不早也不迟。”

生命中有很多特定的一刹那都像一首美丽的诗，没有起始，没有终结。因此，那挑选出来的一刹那就特别清新而淡

远，特别苦涩而悠然。

其实，生活可以很简单，看看那些没有看过的风景，走走那些没有走过的路，在美丽的山水面前，做一个容易满足的人。

相遇是缘。只要我们曾经拥有过，温馨的往昔都会留存在记忆中，即使有一天不再相聚，也无怨无悔。

多少年之后再回首，你会感慨，曾经的相遇相聚，在你的记忆中虽已不再清晰如昨，却时时被清幽的花香唤起、被纷飞的细雨淋湿、被徐徐的清风牵动，仿佛是午夜那首悠扬的乐曲，依然是我们最熟悉的旋律。

很喜欢四个字——相依相伴。

其实，人这一生，总会遇到几个相知的人陪伴自己，有些人来得早，有些人来得晚。你的过去我来不及参与，但是，你的未来我会与你并肩。

有人说：“没有来世，幸福就在人间。”所以，去珍惜你所拥有的相遇吧，去善待你的友人，善待你自己，并且善待生活。只要怀着一颗感恩的心，感谢上苍让我们在人生的盛宴中相遇，珍惜每一次的相遇、相聚，你会发现，生命回报给你我的会很多。

感谢，生命之中那些即将到来的遇见。

文 / 佚名

第　三　辑

写给陪伴

别再说你属于我，我属于你。

我不是一半，你也不是一半，我们都应该是各自完整的。

我们需要的不是牢笼和枷锁，而是人生路上的同行者，

谈笑风生地走过时而平坦、时而坎坷的路。

爱在自如，不要依赖

一个人依赖上了另一个人，
与肩膀厚实无关，与脾气品性无关，与时间长短无关……
爱了，一个愿意去呵护，一个愿意去依赖。

很多人很多时候都在谈论一种感情，那种感情涵盖了一见钟情、两情相悦、相濡以沫、举案齐眉、白头偕老……我们客气地称为“爱情”。

爱情是一种玄而又玄的情感，沐浴在爱情这条河里的人们，不管他们愿意不愿意，总有一个人成了另一个人的依靠。

一个人依赖上了另一个人，与肩膀厚实无关，与脾气品性无关，与时间长短无关……爱了，一个愿意去呵护，一个愿意去依赖。

有人会说，有人依赖真好！春天有人并肩赏花，夏天有人一起下海，秋天有人携手漫步，冬天有人细心暖手……的的确确，柔情蜜意的时候羡煞旁人，渐行渐远的时候也让人无比惋惜。

一个人离开后，剩下的那人会发现，不知不觉间自己已经忘记了生活的本色，不会拿主意了，遇事犹豫不决了，对未来惶恐不安了。离开的那个人是走了，走的很远了，留下的，却似乎连自己的生活都不能继续了。

周国平说："由男人的眼光看，一个太依赖的女人是可怜的，一个太独立的女人却是可怕的，和她们在一起生活都累。最好是既独立，又依赖，人格上独立，情感上依赖，这样的女人才是可爱的，和她一起生活既轻松又富有情趣。"

当然，患上依赖这种病的不尽然只有女人，很多男人亦如是。以为爱得深，爱得真，爱得轰轰烈烈，难免连自己也忽视，一颗真心地围着所谓心爱的人转动着。等到时间流逝，场景变换，主角换位的时候，才发现，那许多年，自己爱的只是一个习惯，甚至连虚幻的影子都再也记不起。

如果真爱一个人，从一开始，就不要过于依赖，否则时间久了，你就丧去了支撑自己的力量。

不要凡事都为她着想，要适度考虑自己的感受，连自己都不在乎了，还有谁会在意你？

不要和她靠得太近，要保持彼此间一定的距离，让你们相互能够看得清对方。要知道，爱情里必须有你的思想，你的立场，否则不会长远。

爱着的时候，总是对自己说，一个人生活很难，用心爱吧，相濡以沫总是比相见不得来得痛快。爱过后，却诧异的发现，没有一个人是你离不开的，现在离不开的，不代表永远离不开。

时常听见有人说，太过依赖并不是他们所想，每个人都想学着独立，想学着靠自己，但是真的做不到。

或许是因为他们并没想象中那么坚强，正因为没有那么坚强，随着时间一点点流逝，他们心里已经装不下太多东西了，能装下的只有那个人，那场爱情。

太容易依赖一个人，也会很容易的陷入孤独与寂寞 。太在乎一个人，心情常被左右，难免会力不从心，心动之后心痛。

为什么伤感，不知道，只是突然之间就发生了。因为，依赖的人走了，可依赖的感情还在。

所以，爱上一个人的时候，连带爱上了她的一切；爱丢一个人的时候，不只是丢了依赖，连自己也迷失了。

所以，不要再说谁离不开谁的话。

离不开，只是一种依赖过后变成的习惯，习惯了，轻易不想改变而已。无论何时何地，我们可以心里住着一个谁，曾给我们无数的润心与安慰，至今也还牵动着无数的倩影与回味。

我们不确定最后都活成了谁的模样，我们一路摇摇晃晃、跌跌撞撞地走过，那些曾经说过的话，嘴边的呢喃，手心的温度，也慢慢变得稀薄，像梦醒时分脑海里的那幕镜花水月，流转于繁花似锦和满目萧瑟。但是，我们需要的，仅仅是爱在自如，不要依赖，唯此而已。

文 / 佚名

爱是欣赏

别再说你属于我，我属于你。
我不是一半，你也不是一半，我们都应该是各自完整的。
我们需要的不是牢笼和枷锁，而是人生路上的同行者，
谈笑风生地走过时而平坦、时而坎坷的路。

相爱的人，喜欢说的话常常就是：你属于我，我属于你，或者你是我的一半，我是你的一半。这样爱的语言表达了彼此的情感，也埋下了悲剧的种子。

许多相爱的人感情破裂时都爱说是因为性格不合，兴趣不一，志向相异。其实这就是“一半”理念在作怪。为什么非要相合、同一呢？世界上没有两片相同的树叶，也没有两片相同的雪花，难道会有两个相同的人吗？

恋人之间产生争执的原因，是他们把爱当成了一把雕刻刀，时时刻刻都想用这把刀，把对方雕塑得符合自己心中的理想。

其实我们只要稍留心一点身边的生活就会发现，许多人手

中都持有这样一把刀，按照“你是我的一半”的原理，在精心雕刻着自己所爱的人，可有谁愿意被雕刻成一个失去自我的人呢？

其实，爱是一种欣赏，而不是占有和改造。爱情本来的面目，应该像阳光一样时刻围绕着你，让你感到温暖和光明，却不是约束。

谁愿意要一份牢笼般的爱情和手持刻刀的爱人呢？

所以，别再说你属于我，我属于你。我不是一半，你也不是一半，我们都应该是各自完整的。我们需要的不是牢笼和枷锁，而是人生路上的同行者，谈笑风生地走过时而平坦、时而坎坷的路。

文／佚名

男人要的三份礼物

男人最喜欢的礼物只有三份；
一顶高帽——不时向他送上一顶又一顶的高帽，称赞他、崇拜他；
仰慕的眼神——即使他做了一件很笨的事，
你还是送上这样的眼神给他；
生命的安慰——让他知道，你会与他同甘共苦，你是他心灵的安慰。

送礼物给男人是一件很头痛的事，那些什么都没有的男人，你根本不会爱上他，什么都有的男人，你又可以送什么给他呢？

衣服、领带、皮带、手表、公事包都送过了，没有什么新意。送一辆新车给他，不是每个女人都付得起的，除非是用他的钱。编织一件温暖牌的毛衣给他，也是好主意，可惜现在大部分女人都不会打毛衣。

每次想到要买礼物给他，就觉得很无助，每一样东西对他来说，也许不过是锦上添花或者可有可无。送礼物给女人反而容易，单是宝石和珍珠就有很多种。

每当女人问男人：“今年生日你想收到什么礼物？”也是男人头痛的时候，他实在想不到自己还欠些什么，他所欠的，根本是女人买不起的。

最后，女人只好用一份有价值的礼物来表达自己的心意，她花了一个月的薪水送一份贵重的礼物给他，男人虽然感动，却会认为这个女人太爱花钱，不是个贤妻良母。

男人最喜欢的礼物只有三份：

一顶高帽——不时向他送上一顶又一顶的高帽，称赞他、崇拜他；

仰慕的眼神——即使他做了一件很笨的事，你还是送上这样的眼神给他；

生命的安慰——让他知道，你会与他同甘共苦，你是他心灵的安慰。

至此，女人的脉脉温情便已经悉数抵达，而他亦能明了，这礼物让自己有勇气与繁杂、疏离的社会对峙。而爱，不再是不能自证的概念游戏，而是春日艳阳下茁壮静谧的美。

文 / 张小娴

卑微的恋情向来得不到成全

恋爱中的你，不要害怕。
尽管知道也许会有离别，会有失去，
但你也要选择拼命地去爱，去守护，去奋不顾身。
哪怕会遍体鳞伤，哪怕会跌落深谷，
但能撕心裂肺地爱过这一回，就无怨无悔了。

恋爱中，从来不缺甜蜜，缺的是如何学会给彼此适当的松紧。

在爱情里，我们爱得越紧，就越害怕失去对方。也许，是因为没有信心，担心彼此无法用一生的时间来承担对方所给予的喜怒哀乐。

因为你在乎对方，因为你爱得太投入，恨不得全世界只剩下彼此。所以，你害怕失去对方，所以约束，所以寸步不离，所以忘了给对方腾出一些私密空间。

但是，恋爱的前提是一定要信任对方。有时候，过于在乎也会不小心变成伤害。

渴望占有对方本没有错，只是，你要腾出一点时间给对方，要记得，爱情永远都只有今天，别沉湎昨天，更别辜负了明天。

我们这一生，说短暂，是因为你正过的生活太美好，害怕时光流逝；说漫长，是因为你把发生过的每一件事情都拿来熬，所以希望那些孤独、寥落早些过去。

无论是欢喜还是悲哀，都将会有离别。水满则溢，花艳则败，更何况爱情。

曾经，我以为最可悲的是沉湎回忆、耽溺往事不可自拔。但现在，我才知道，对于隐隐作痛的往事，并不是我不想忘记，而是我怕忘记后再也没有回忆拿来怀念了。

你知道的，忘记一个人与在乎一个人都很痛苦，小心翼翼地把那个人收藏在心中，不敢开口表达心思，也是因为太在乎，太害怕失去，害怕连朋友都做不成。卑微的恋情向来得不到成全。

对于一些事，当有人问起是否还记得时，我们总爱说，记不得了，忘了。其实，根本没有忘记。只要自己不想忘，就永远不会忘记。

我们只会找各种借口来掩盖自己的伤口，掩盖自己的脆弱，让别人觉得，自己活得坦然、活得潇洒。其实，那些发生过并且不想忘记的人与事，一直都在心中。并且，冷暖自知。

恋爱中的你，不要害怕。尽管知道也许会有离别、会有失去，但你也要选择拼命地去爱，去守护，去奋不顾身。哪怕会遍体鳞伤，哪怕会跌落深谷，但能撕心裂肺地爱过这一回，就无怨无悔了。

因为你要知道，我们曾经错过的太多太多，所以我们要珍惜今天，珍惜当下。你只要珍惜现在，珍惜每一天，说不定，一不小心就会走到白头。

我们一直都这样，因为太在乎，所以害怕悲欢离合、害怕争吵变故、害怕生老病死。而人生往往就是如此，在各种害怕中完成了一生。

文 / 沈善书

这辈子，让我们一直在一起走下去

原来，深深爱着一个人的时候，
你真的会一点一点失去自己。
可是，为什么你还会觉得快乐呢？大概是因为你在失去的同时，
也赚了，你把他的气质和他的微笑都赚回来了。

据说，一个成熟且称得上真爱的恋情，必须经过四个阶段，那就是：共存、反依赖、怀疑、共生。这之间转换所需的时间不一定，因人而异。

第一个阶段——共存。这是热恋时期，不论何时何地总希望能腻在一起。

在第二个阶段——反依赖。一方想多一点时间做自己想做的事，这时另一方就会感到被冷落，总是因为一点小事去计较和数落。

第三个阶段——怀疑。这是第二个阶段的延续，要求更多独立自主的时间。总是觉得对方对自己不好了，没以前爱

自己了。

第四个阶段——共生。这时，新的相处之道成形，你们已经成为最亲密的人。你们在一起相互扶持、一起开创属于你们人生。你们在一起不会互相牵绊，而会互相成长。他就像是你的亲人。

但是，好多人都因通不过第二或第三阶段，选择分手。其实，很多事只要好好沟通就会没事，可是，想太多和任性就是无法避免。

你发现了吗？你们本没有相同之处，外表不相像，性格也是南辕北辙，但就是相爱了，然后在一起，日复一日，年复一年。

你会惊讶：你的眼睛竟有点像他的眼睛，他的微笑竟也有点像你的微笑。你们走路的步伐变得相似，你们说话的语气也愈来愈像。你们爱喝同一杯饮料，你们的口头禅变得一样，你们总能猜到对方下一句话是什么。

原来，我们会变成我们所爱的人。

你在不知不觉中，让他改掉了他爱皱眉的坏习惯。他在不知不觉中，让你变得做事不再马马虎虎。而这些改变，或许连自己也不曾察觉。

你差点认不出自己，会在不知不觉中逐渐变成对方理想中的人。这种改变，绝对不是刻意的。两个人相处的时间越久，气质也越相近。有一天，你惊讶地发现，这样的你们多么默契。或许，再也遇不到这样的感情。

原来，深深爱着一个人的时候，你真的会一点一点失去自己。可是，为什么你还会觉得快乐呢？大概是因为你在失去的同时，也赚了，你把他的气质和他的微笑都赚回来了。

你们走到哪个阶段了？

世界上遇到唯一的你多么不容易，能不能不要轻言放弃，能不能一直走下去？

请不要说下辈子，我多怕下辈子再遇不到你。所以，就这辈子，让我们一直在一起，走下去。

或者，世上最动听话不是“我爱你”，而是“我习惯了有你”。所以，我不害怕时间，如果爱得足够深，时间便会让深的更深。于是自然就明白，彼此依赖，才是最深的相爱。

文 / 佚名

最好的爱情是彼此给予恩惠

我不怕时光缓慢，亦不怕时光过急，我只想和你，
相逢不晚也不早，一起优雅地、慢慢地老去……

年龄越大，越不知该怎么去爱一个人。离得太近，怕被嫌弃，拉得太远，怕被忘记，脑子里搜刮了一堆甜言蜜语，又怕说出来彼此腻味，太主动怕不被在意，太冷漠怕被误解，如果在我们的心里，能伸出两只手，紧紧地拉在一起该有多好，这样我就不必用语言来表示我对你的喜欢。

我很喜欢那些年轻的情侣，男孩儿把女孩儿的手包在夹克衫的衣兜里，女孩儿娇嗔还略带埋怨地说："走慢点啊"，可心里甜滋滋地跟紧脚步。女孩儿举着雪糕，先让男孩儿咬一口，男孩儿虽故作冷酷，可嘴巴还是挨着雪糕，"吧嗒"一下啃掉了丁点儿。

两个人就像两只在松树上跳跃的小松鼠，把爱情磨成一颗颗小松果，盛在树洞里，等到来年冬天，天地间雪茫茫，路人都肿成了小点，你我并挨着，独看这苍茫而寂寥的人间。

爱情是很美好的，美好如仙女棒，它对你所有不好的、丑陋的心情都施了魔法。

你的步子会越走越轻松，独走在夜间的小径，也会想放声歌唱；你想好好地热爱自己，为自己煮菠菜蛋汤，把一颗颗红色的西红柿果装到胃里，美容肌肤；你会想给自己买好看的衣裳，把青春时不敢穿或忘记穿的衣服，都拿出来折腾一番；你想把自己的年龄再倒着生长一遍，再倒着热爱一遍。

你甚至会觉得，连地铁里汹涌的人流都变得可爱，每个人都在为了梦想，蓬勃地蜕变着。连擦肩路过的、那些你常常忽视的矮黄的、缀着霜的小野草，你都觉得它们刷刷抖动的叶子，似乎在和春天对着话，点缀了一个春的生机。

但是，爱情却并不是你对它 100 分的好，它就还你 100 分，爱情有时候很没有道理。

少年时的感情，因为每天朝夕相对，两人欲望也浅，共同的唯一愿望就是好好学习，考入同一所大学。蓝色的抽屉，黑色的黑板，两个人并坐在操场上，手指尖只是轻轻地勾在一起，注视篮筐就像眺望夕阳，已觉得知足。那时的感情就像还未熟透的苹果，什么养料都能让它成熟。

高中和初恋在一起，如果抽屉里有他塞下的酸奶，已能开心地脸红一上午。那时女生留很长的黑直发，碎碎地披在肩上，约会必是要提前一天就刷好球鞋的，怕鞋帮刷不干净，还会蘸上牙膏，细细地抹着。

等你到了成年社会，被告白和恋爱次数增加后，每个喜欢的类型都想接触下，每种愿望都想一一尝试。就像一条路，忽然分出了无数条小径，竟不知该选择谁和自己并排走到尽头。

对爱的生怯，也让我们不知该怎么对待一个人，我们很多时候会犹豫进退，是因为自己和对方都不愿过多地说明自己想要什么。

成人的社会，貌似有一种通用法则，缄默的人总是有神秘魅力，爱情变成猜哑谜。真的很爱一个人，也会生出自卑感，生怕自己有诸多缺点，配不上那个想到他就觉得光芒四射的恋人。

在爱的自卑和猜测里，我们才渐渐懂得，其实哪里有那么多的技巧可言，爱情不过是各人各使一把力，你鼓励我、我安慰你，我们互通心意，互相恳切地深谈一句："我爱你！"

可我还是想护住爱情，有这么一个人，能让我重回到少年时的单纯、执拗，再相信一回"命中注定"。

我想，每个人都是如此。我们心里，都住着一个很简单的，给几颗糖就能哄笑的小孩子，只是我们要脱掉西装，放下公文包，卸下领带，把脸上故作狡猾和冷酷的表情一一敲碎。

我们要把我们心里的小孩子放出来，让她秉从天性，找到另一个小孩子，他们一起玩耍，一起在这个世界里摔跤，偶尔也怄气背影相对，但紧紧牵着的手，从来没有放开过……

罗素说："最好的爱情是彼此给予恩惠。"我想，遇见你，我的每个夜都是带着笑入眠的，黑夜亦是第二天的征程。这就是生命给我的最好馈赠吧。

我不怕时光缓慢，亦不怕时光过急，我只想和你，相逢不晚也不早，一起优雅地、慢慢地老去……

文 / 没头脑也很高兴

如果有一天，你的生活中没有了我，请记住我对你的好；如果有一天，你的记忆中没有了我，不要忘记我们相遇过。

给我一个承诺，我哪里都不会去，就站在这里等着你。

你总以为只要你努力，只要你掏出全部的心，总有一天她会爱上你，就像你爱她一样地爱你。难为你肯为她这样做，可是，爱情好像不应该是这样的。有时候，有些东西，不是努力就能得来的。

生命里有很多定数，在未曾预料的时候就已设好了局。

我不再爱你的时候，也许不是我不爱你，
只是，我已不能再爱你了。

有时候，只是需要一句诺言，即使明知它与流连于皮肤上的亲吻一般，会失去痕迹。

有时，看起来残酷，反过来想，也是一种慈悲。

有些记忆，注定无法抹去；
就好比有些人，注定无法替代。

懂比爱更难做到

懂你的人，会用你所需要的方式去爱你。
不懂你的人，会用他所需要的方式去爱你。
于是，懂你的人常是事半功倍，他爱得自如，你受得幸福。
不懂你的人，常是事倍功半，他爱得吃力，你受得辛苦。

真正的感情，是两个人在一起时要有感觉，不是一见钟情的触电感，更不是紧张拘谨的束缚压抑感，而是一种“亲切感”。

男人可以不英俊，女人可以不漂亮，但是要彼此看着舒服，彼此感到亲切，就像亲人一样。好好珍惜在一起的过程，即便真的是要分开，也好聚好散。

你要知道，生活中的一些琐事，更能体现他对你的用情，那才是爱的密码。两个人的世界里，懂比爱更难做到。

懂你的人，会用你所需要的方式去爱你。不懂你的人，会用他所需要的方式去爱你。于是，懂你的人常是事半功倍，他爱得自如，你受得幸福。不懂你的人，常是事倍功半，他爱得吃力，你受得辛苦。

一个人若不能真正做到懂你，那他的爱越深就越磨人。

在一起久了，其实就会越来越发现，誓言并不可靠，最可靠的是内心深处坚定的信念。爱一个人，最重要的不是海誓山盟和甜言蜜语，而是彼此心中共同守护的“白头偕老”的信念。

最美好的事是有人爱你，最安心的事是有人信你，最幸福的事是有人陪你，最奢侈的事是有人等你。

善待爱你的人，回报信你的人，珍惜陪你的人，感恩等你的人——生活中那些善念，就这么简单。

真正相爱的人，不会因为一句冲动的狠话而结束，更不会因为一个错误而真的做到一次不忠，百次不容。相爱的人，会在感情的曲折里一起成长。只要经过一个曲折熬了过去，爱就又增长了点，又一个曲折熬了过去，学会珍惜对方一点。一路下去爱越来越深，彼此只会深深的相爱着，懂得对方的好，不会再分开。

在两个人的旅程中，相爱是开始，而相知相守才是漫漫长路；爱情，不会应允你一个无限美好的未来，但它会给予你力量和坚定的信心，让你们手牵手一路相伴，不离不弃。

文 / 佚名

细节决定一场爱情

爱情是在做减法，你的眼里只有他，他的眼里只有你；
然而生活却是在做加法，要你在人生初见后划开切口，
不断地往对方背后挖掘。

谋杀爱情的，不是你爱不爱她，而是你会不会爱她。女人是细节性动物，她宁愿被细节拥抱，在细节里寻找稳定和安全。当爱情遇上了细节，你猜会发生什么？

张爱玲说，人生是一袭华美的袍子爬满了虱子。其实，爱情也是。

爱情是在做减法，你的眼里只有他，他的眼里只有你；然而生活却是在做加法，要你在人生初见后划开切口，不断地往对方背后挖掘。

所以，两个人相爱，在某种程度上是一种容忍，不但要爱对方的优点，也要爱其缺点。她娇气、她爱发脾气，他抽烟、

他粗心，你的眼睛里不能只看到风光，也要看到阴霾。

爱情很多时候就是琐碎的，有谷子，也有芝麻，星星点点散一地。女人为什么莫名生气？就是在细节上男人没做到她心里去，忘记了生日、忘记了礼物、迟到了约会，而男人也眼昏心粗，大多不注重细节，忘记了女生心海底针、女人心天边云。

很多人在一起，不是不爱了，而是无边的难以忍受的细节，积沙成塔，集腋成裘，把在一起的快乐甜蜜吞噬了，以致爱而爱不起来了。

很多人说："细节打败爱情。"

爱情里最恨的，就是最后到了这样的境地：你再努力都抓不住爱，你再拔剑都没有敌人，四顾茫然之下你才明白，你是爱无所爱，又失无所失，你是被自己打败了。

分手后，终于明白了，不是她对你挑剔，也不是你对她有敌意，而是她的生活方式对你的生活方式的挑剔，是她的成长背景对你的成长背景的挑剔，怨不得她，也怨不得你，而是彼此背后的那些东西，水火不容、势不两立，终于，被细节打得落荒而逃。

一方水土一方性情，这些秉性的东西，在一见钟情的时候，很难一下子冒出来，即使冒出也被视而不见，但在过了荷尔蒙期之后，就会挥发出效力，从一场战斗到一场战役，最后形成战区。

所有的相遇都是偶然的相遇，所有的相离都是准备好的相离。

从你们在一起的那刻起，所有你们背后那些根深蒂固相抵触的东西渐渐开始发力，无时无刻不跳出来，打得你们落荒而逃、形单影只。

虽然我赞同“爱女人和会爱女人不是一码事”，但那是对女人而言，是要女人理解爱和会爱的不同，分辨什么是真爱，什么是“技术爱”。

对于男人来说，光有爱女人远远不够，还要学会会爱女人，尤其是在没有刚性优势的条件下，无才、无财、无貌、无心、无技，男人那么多，她干嘛要选你？所以爱是一门技术活儿，不是光有热情就可以。

谋杀爱情的，不是你爱不爱她，而是你会不会爱她。很多男人，在得到了女人之后就将其束之高阁，爱的时间越长，爱的细节越少，女人是细节性动物，她宁愿被细节拥抱，在细节里寻找稳定和安全，把一个眼神因式分解成很多因子，把一件礼物提取出无数元素，这是本性。

在荷尔蒙涨潮的时候，爱情是一个理想国，是形而上的，只要有月亮、有夕阳、有星光，尘埃如麻都可以弃而不见、视而不见；而在荷尔蒙退潮之后，生活则成了一个地上国，是形而下的，吃喝拉撒都来了。

在爱情的最开始，我们对顶层设计都做得很好，把制高点都选得很高，但是殊不知，几乎所有的爱情都是从基座和细节开始溃烂的，一处不合，处处不合。

一点兴趣上的不一致或者细微的异同，就可以星星之火燎原万里，烧掉你们的耐心、磨合以及交集，最后帆破船沉。

其实，女人不能不讲细节，但也不能只讲细节，还要讲方向。在方向上要宜细不宜粗，而在细节上则要宜粗不宜细。若方向对了，可以放细节一马，而细节对了，则要对方向严格把关。

选男人的时候，方向是决定性的，而在选对人之后，细节是决定性的，否则，肯定是要置爱情于死地的。

不过对男人来说，女人毕竟是细节性动物，容易细节性联想，要想赢得一个好女人，就一定要琢磨细节。

在战场上，一颗钉坏了一个马掌，一个马掌害死一个将军，一个将军败了一场战争；在爱情中，一个表情坏了一张脸，一张脸搅翻一场约会，一场约会丢失一场爱情。

乱世时细节决定一场战争，而盛世时细节则决定一场爱情。

文/林东林

姑娘，你要爱得大气

对自己自信，对爱人自信，
给自己空间，给他自由，这样自立地去恋爱。
刚刚好的距离，刚刚好的思念，刚刚好的焦虑，
这样才是你俩之间最舒适的相处方式。

在很多女孩儿眼中，爱情大过天。她们不知道怎么独立地和男朋友相处，时时刻刻的关心，时时刻刻的报备，时时刻刻的随叫随到，这也许就是她们所谓的爱情。她们恨不得一天24小时和男朋友黏在一起，她们想方设法去证明男朋友到底爱不爱她，警惕男朋友身边的所有诱惑。

是的，她爱他，真的很爱他。可是，多少男人能受得了呢？

爱情，早已不再是一件相爱就可以的事情。两个人相爱了，在一起了，更重要的是相处的过程。

当撒娇变成了无理取闹，当娇嗔变成了无谓的争吵，当贴心变成了黏人烦躁，爱情变质了。很多人感叹，爱还在，可是

真的没法相处了。再这样下去，再深的爱也会消磨殆尽。

如果把爱情、婚姻当作生命的全部，可能你就完蛋了。如果说得诙谐一点，要抱着因为要专心的涂指甲而挂掉他电话的心态自立地去恋爱，爱情才不会成为烂苹果。

你知道的，我没在开玩笑。

我真的没有开玩笑，姑娘，你就是要淡然的、气场强大得像个男人似地去恋爱，对自己自信，对爱人自信，给自己空间，给他自由，这样子自立的去恋爱。

刚刚好的距离，刚刚好的思念，刚刚好的焦虑，这样才是你俩之间最舒适的相处方式。

用思念他的时间读本书和朋友逛逛街，做个喜欢的头发，涂个艳丽的指甲，充实自己、完善自己，总展示给他不一样的你。

学会体谅，学会让他把时间分配给他的朋友一些，学会安静、淡定，让自己散发一种成熟、懂事的气质。

让他因为你的“不在乎”而焦躁，主动去找你，让他知道，你也有自己的朋友，你的生活里，他并不是唯一。

让他学着更加珍惜你，甚至于让他产生你也许随时可以离开他的小小的危机感。让他知道，你爱他，但是不去烦他。让他自觉抵制外面那些漂亮的姑娘，让他只爱你，一天比一天更爱你。

然而，这里所说的“像男人一样”，并不是真的让你像个剽悍的大汉，豪情万丈、张牙舞爪，这并不是让女生都变得不体贴，不可爱，而是凡事把握好度，独立过头了也不是好事；是让你学会大气、坦然，不要那么多猜忌；是多给爱人点自信，多给点空间，而不是那么的患得患失；是像男人一点点地忙碌，忽略在你看来都是爱情变质的表现。

姑娘，一定要拥有自己的生活重心，要学会首先爱自己，让自己不再那么卑微，不再轻易地被男人以“烦”的理由甩掉。不要爱情还在，但是真的相处不下去了。

不要总觉得他爱你就一定会了解你所有的想法，你自己都不见得了解你。真的不知道怎么做了，和他谈，开诚布公的两个人好好谈谈，这真的很重要。

而且，感情是双方的事，只有一方努力永远都不行，努力的那方早晚有厌倦、疲累的那天，然后，就结束了。

愿你能像个男人一样大方、豪气地生活，像个姑娘一样细致、温柔地处事。

文 / 丢丢

谈恋爱，不只是你爱她就好

终于有一天，她淡淡地对你说，就这样吧。
很多时候，结局的不能挽回，
就是因为缺乏必要的关心和必要的问候。

女生总是希望被呵护，没有一个女生会对着你的好而厌烦，即使表面上会有些推脱，但是她们需要感受到被爱的感觉，你和她在一起，不只是你爱她就好。

如果她喜欢的你总是觉得无所谓，如果她伤心的时候你总是不在身旁，如果她难过的时候你总是忙着自己的事情，那么慢慢地，你就变成了那个可有可无的人。

慢慢地，有些感觉就这么改变了，一些隔阂产生了，就再也回不去了。眼前的那个人，再也不是缺了他就不可能活下去的那个人了。

慢慢地，你在她心里，就变成了一个即便她还有感觉，却还是不得不离开的人了。

也许，你要做的只是她难过的时候站在她的身边，给她一个依靠；也许，你要做的只是放下手里的事情，给她打一个电话；或者就是看着她的眼睛，什么也不用说。

最怕的就是，她对你说她难过了、委屈了，你却不去安慰她，你却不去抱抱她，等到她哭完了你才去挽回的时候，有些东西已经改变了。

更多时候，女生即便负气说分手，并不是真的要分手，只是想要一种安慰和一种存在感。也许，女生的心思男生一辈子也不可能完全明白，但是至少，她难过的时候一定要在她的身边。

不要让她忍了你很久，心里一再给你机会，你却始终无动于衷。终于有一天，她淡淡地对你说，就这样吧。结局的不能挽回，就是因为缺乏必要的关心和必要的问候。

也许，从一开始进入对方的心里很简单，可是要继续维系下去，就真的很难。两个人一在一起，就什么问题都来了。

但是，你们能在恰巧的时机相遇，并且互有感觉，本身就已经是一个不大不小的奇迹，所以，不管怎样，都要努力地走下去，而不要忽略你身边人的感受。

文 / 卢思浩

恋爱须知

恋爱中，并无经验可言，无技巧可言。
通向不同的对象，路径一定不同，
你须潜心体验，小心分辨，才能找到那条特殊的路。

每一个令你真正动心的女孩儿，必定有一点其他女孩儿不再会使你感觉到的极美之处，这一极美之处会在一个阶段里不由分说地主宰你，令你全身心地感动。所以，她应该是你终身的天使，即便分手也不可以亵渎她，否则就是亵渎了你自己的感情。

如果你仅仅是对某个女孩儿感兴趣，却没有那种原子裂变似的反应，你可以不去招惹人家。你可以等待，等待时间和机遇为你揭示这种兴趣的源头，爱与发现是紧紧相连的。

恋爱中并无经验可言，无技巧可言。通向不同的对象，路径一定不同，你须潜心体验，小心分辨，才能找到那条特殊的路。经验与技巧则会使你变得粗糙，它们只会越来越快地带你走至那世俗过程的尽头，而你的所求是那极美之处，是更为精致与奢侈的爱的享受。

经验和技巧还会使你有游戏感。游戏偶尔为之，只要不自欺欺人，并确认双方都懂得游戏规则当然不是不可以。但是你须当心，感情游戏的花样是很有限的，一旦重复，自己无趣，且成为他人的笑柄。更何况感情失贞的次数多了，喜怒哀乐不能保鲜，终究也都会走了味。

不要以为男人能追上女人或者女人能迷住男人是什么了不起的事，这是这个世界上最容易成就的业绩，因为，男女之间相互被吸引是人的本能。恋爱的成功只对自己有意义，对他人没有意义。把女孩儿当资本来炫耀，或当作趋附时尚的填充，都是一种商业行为。

敬重有年轮的感情，敬重有了沧桑、有了倦意看似松弛而平淡的亲情。你慢慢会懂得它们的好处，并且慢慢会明白它们的厉害。如果你的爱，伤及女孩儿与她周围亲人的关系，你不可接受，更不可要求她的牺牲。新鲜感所取得的胜利从来都是暂时的——因为，新的里面本来就没有多少“时”。

有能力爱的人也不需要抢夺他人已经占领的地盘，人若争夺的，也无非是你所爱之人身上那些世俗性的好处，你让掉就是。

语言在真情的压迫下是没有表现能力的。甜言蜜语说得越顺嘴、越有才气，就越不可信任，但是，人们往往迷恋语言带来的快感。你要慎用语言，有“涩”的感觉才是最高境界。

文 / 刘墉

调整爱的频道

其实，每个人爱的频道是不同的，
如果频道没对上，爱的表达就会或者做了无用功，
或者成为负担，甚至会变成伤害。

“我真的很爱他，我为他做了那么多，难道他不知道吗？”

这是我们经常会遇到的尴尬事。有人觉得，那是因为做得还不够，于是继续努力，他相信有付出就有回报，于是付出着快乐着。这种乐天的作派对自己来说没有什么问题，只是对方未必是接受的。

爱，需要恰当的表达方式。

爱的表达是有学问的，有人以为爱一个人，就可以任意地表达，但后来他发现，自己充满爱意的表达，并没得到对方应有的回应。

其实，每个人爱的频道是不同的，如果频道没对上，爱的

表达就会或者做了无用功，或者成为负担，甚至会变成伤害。避免这种情况的出现，就需要解开对方爱的密码，同时觉察和调整自己爱的频道，与对方频道对接。

爱的五种语言也被称为爱的五个密码，其中包括肯定赞许，彼此相伴，赠送礼物，帮助做事，身体接触。然而，调整爱的频道的过程是一个漫长的过程，因为要走出自我这个“监狱”是个十分艰难的过程，特别是那些太过自信的人。

但是，这个过程最终会让我们从自我中“越狱”出来，接近他人的心灵，实现融合。于是，我们爱了，他们懂了。

爱需要恰当的表达，需要跳出自我，将自己与他人的爱的频道调成一致，才会真正实现。

文 / 孙永鸣

细水长流刚刚好

于是，有的人注定要错过。
于是，有的相遇，注定是在错误的时间，无法开花结果。
所以，就慢慢学会了珍惜眼前人。

我相信这个世界上一定是有绝对的错过。所以，有的人会成为朋友或者知己，并且只能做朋友或知己。

或许，不仅仅是自己爱不爱对方的问题，大概是错过了能够在一起的机缘，难再续。是的，可能自己是喜欢对方的，可是，却无论如何也爱不起来。

我想，可能不止我一个人会想，如果自己是在现在的年纪遇上对方，可能不会在喜欢与否这个问题上执着不放手，也不会再随意的任性和孩子气，而是开始学着在意是不是合适，彼此的性格能不能走下去，懂得包容、理解，不再轻易歇斯底里，是不是就会不一样？

毕竟，爱情没有长短的分别，如果结局是分开，那么一切就毫无意义。

因为我们彼此了解，又刚刚好做不了恋人，也就从来不会伤害到对方。放不下的，未必是过去的付出，而是对两个人未来的憧憬，所以才会有不甘心。

从朋友到恋人其实很难，而一旦分开，就连朋友也做不了。于是，有的人注定要错过。于是，有的相遇，注定是在错误的时间，无法开花结果。

所以，就慢慢学会了珍惜眼前人。

也许，你有过那种“喜欢一个人喜欢到不行”的感受，这辈子都遇不见一个“让自己喜欢到不行”的人是很遗憾的。

然而，轰轰烈烈抵不过平淡流年。最终，你会珍藏起那些让人痴醉、让人疯狂的爱恋，却清晰地记得细水长流的那些好。

最美好的时光不在过去，而在未来，只不过，要经历漫长的煎熬等待。

遇得见也好，遇不见也罢。刚刚好很好，错过了也很好。

文 /Chaos

爱一个人不要超过八分

喝酒不要超过六分醉，吃饭可以吃到七分饱，
爱一个人，所有的期待和希望可以只有七八分，
剩下两三分，用来爱自己。

爱一个人要适度，懂得经营适度的爱，才会更长久。

有人说，爱情就像在捡鹅卵石，总想捡到一个适合自己的，但是，她适合你，那你又适合她吗?

其实，爱情就又像磨石子一样，或许刚捡到的时候，你不是那么的满意，但是记住，人是有弹性的，很多事情是可以改变的，只要你有心，有勇气。

爱的感觉，总是在一开始觉得很甜蜜，总觉得多一个人陪、多一个人帮你分担，你终于不再孤单了，至少有一个人想着你、恋着你。

不论做什么事情，只要能一起，就是好的。

但是慢慢地，随着彼此的认识愈深，你开始发现了对方的缺点，于是，问题一个接着一个发生，你开始烦、累，甚至想要逃避。

如果你还继续爱得更多，很可能会给对方沉重的压力，让彼此喘不过气来，完全失去了爱情的乐趣。

爱一个人，要了解，也要开解；要道歉，也要道谢；要认错，也要改错；要体贴，也要体谅；是接受，而不是忍受；是宽容，而不是纵容；是支持，而不是支配。

爱一个人，是慰问，而不是质问；是倾诉，而不是控诉；是难忘，而不是遗忘；是彼此交流，而不是凡事交代；是为对方默默祈求，而不是向对方提出诸多要求；可以浪漫，但不要浪费。

最重要的，是可以随时牵手，却不会随便说分手。

所以请记住，喝酒不要超过六分醉，吃饭可以吃到七分饱，爱一个人，所有的期待和希望可以只有七八分，剩下两三分，用来爱自己。

文 / 佚名

再好的缘分也经不起敷衍

花样年华指间过，爱一个人，
是去了解、去理解、去疼爱、去体贴、去付出，
两个人在一起，更多的不是改变了对方，
而是接受了对方，这就是包容。
如果光想着改变，那不是生活，那是战争。

再好的缘分也经不起敷衍，再深的感情也需要珍惜眼前。

人在旅途，肯陪你一程的人很多，能陪你一生的人却很少。缘分，牵引了两个人；懂得，眷恋了两颗心。

有时候，人的心其实很小很小，装一份爱足够；有时候，时间其实很少很少，够陪一个人就好。

最真的爱，是心无旁骛；最深的情，是一心一意。

爱情到最后，不是比谁更出色，而是看谁最后能留在你身边。所以，最好的那一个，不是来自星星的你，而是来自身边的你。

所谓一辈子，就是死心塌地地陪着你。

感情世界之大，能相逢的人不多；人海茫茫，能相知的心很少。一生中最难得的，是始终如一的关爱。能一直陪你到最后的，才是最长情的告白。

花样年华指间过，爱一个人，是去了解、去理解、去疼爱、去体贴、去付出，两个人在一起，更多的不是改变了对方，而是接受了对方，这就是包容。

如果光想着改变，那不是生活，那是战争。

一生当中，常常会遇到某个人，他打破你的原则，改变你的习惯，成为你的例外，然后岁月流经，不知不觉中，他变成你的原则，成就你的习惯，这就是一种幸福的牵绊。

懂得善待才能相守，珍惜当下才配拥有。

水深而无声，情真而无语。

不要忽视身边看似平凡的拥有，更不要等到失去了，才知道什么是怀念。那些无声无息的陪伴，值得用一生去善待，去信赖。

其实，“相爱”这种词，或许远远没有“习惯”这个词更加甜蜜。“我爱上了你”这是何等的轻易，而“我已习惯身边有你”却是平淡里见真情。人生之中，爱上别人的配额或许有很多，但习惯上某人的配额却稀少，因为习惯是要用时间来换的。

世上大概没什么，比时间更珍贵了吧。

文／佚名

爱情的容量

爱情既是在异性世界中的探险，带来发现的惊喜，
也是在某一异性身边的定居，带来家园的安宁。
但探险不是猎奇，定居也不是占有。
毋宁说，好的爱情是双方以自由为最高赠礼的洒脱，
以及决不滥用这一份自由的珍惜。

不要以成败论人生，也不要以成败论爱情。

我不相信人一生只能爱一次，我也不相信人一生必须爱许多次，次数不说明问题。爱情的容量即一个人的心灵的容量。你是深谷，一次爱情就像一道江河，许多次爱情就像许多浪花。你是浅滩，一次爱情只是一条细流，许多次爱情也只是许多泡沫。

给爱情划界时不妨宽容一些，以便为人生种种美好的遭遇保留怀念的权利。

让我们承认，无论短暂的邂逅，还是长久的纠缠；无论相识恨晚的无奈，还是终成眷属的有情；无论倾注了巨大激情的

冲突，还是伴随着细小争吵的和谐，这一切都是爱情。

每个活生生的人的爱情经历不是一座静止的纪念碑，而是一道流动的江河。当我们回顾往事时，我们自己不必否认更不该要求对方否认其中任何一段流程、一条支流或一朵浪花。

爱情不是人生中一个凝固的点，而是一条流动的河。这条河中也许有壮观的激流，但也必然会有平缓的流程，也许有明显的主航道，但也可能会有支流和暗流。除此之外，天上的云彩和两岸的景物会在河面上映出倒影，晚来的风雨会在河面上吹起涟漪，打起浪花。

让我们承认，所有这一切都是这条河的组成部分，共同造就了我们生命中的美丽的爱情风景。

有的爱情是失败的，不是败于难成眷属的无奈，就是败于终成眷属的厌倦。然而，无奈留下了永久的怀恋，厌倦激起了常新的追求，这又未尝不是爱情本身的成功。

说到底，爱情是超越于成败的。爱情是人生最美丽的梦，你能说你做了一个成功的梦或失败的梦吗？

爱情既是在异性世界中的探险，带来发现的惊喜，也是在某一异性身边的定居，带来家园的安宁。但探险不是猎奇，定居也不是占有。毋宁说，好的爱情是双方以自由为最高赠礼的洒脱，以及决不滥用这一份自由的珍惜。

爱情的形态是多种多样的，是最不能化一的。只要是两情相悦，不以利益为目的，就都是美好的。

文 / 周国平

爱不是改变，而是成长

一段好的恋情，应该是当你和他在一起的时候，
看到的不是自己的丑陋，而是自己的好。
爱，不是改变对方，而是一起成长。

真正爱一个人，很多事情是会情不自禁的。一个人爱不爱你，在不在意你，其实你是感觉得到的。所以，不要骗自己，不要勉强自己。

通常，真正的感情根本不需要追的。两个人的默契慢慢将两颗心的距离缩短，在无意识中渐渐靠近彼此。从好朋友到情人，真正的感情是用不了多久的。从你喜欢上他的那一刻起，也许他也在那一刻喜欢上了你，同节奏的爱情往往能奏出最和谐、最动听的乐章。

每个人都有自己的生活方式，别人的不一定适合你，尤其是感情这种事，最终需要自己做主。自己做主的标准很简单，

一段感情能让你开心、安心，就谈下去；一段感情让你痛苦和不安，那就要谨慎了。但请你记住，若爱，便深爱；如弃，便彻底。暧昧，只会伤人伤己。

在爱情里，一定要学会知足，因为能遇到对的人，已经不容易，他能对你好，就更应该珍惜。爱，不是改变对方，而是一起成长。走不进的世界就不要硬挤了，难为了别人，作贱了自己，何必？一段好的恋情，应该是当你和他在一起的时候，看到的不是自己的丑陋，而是自己的好。

所以，要让爱情简单，最好就是精选适合自己的对象。一个真正值得去爱、也懂得爱的人，自然会让爱情变得简单。这样，两人之间平时不需要猜测心意，不用担心行踪；不害怕在无意之间激怒，不怀疑做任何事情的动机。两人之间，有一点牵挂，却不会纠缠；两人之间，有一点想念，却不会伤心。

爱一个人的时候，他的缺点可能微不足道。只有当爱情褪色的时候，他的缺点才像一个富翁的穷亲戚那样，时刻考验着你的良心和耐性。

所以，当你爱了的时候，不妨暂时远离，灭一灭升腾的爱火，重新打量你爱的对象，看看自己是否有能力读懂他，是否愿意理解他，始终欣赏他。

然后，你还要抛开他所有的优点，只看他的缺点，并且尽量放大，问问自己是否能包容。想一想，如果今后他的缺点不但没有改变反而膨胀，你会不会轻易地离弃？

或许你会爱一个人爱到死去活来，但在多年以后回想起来，会觉得当初为什么会那么傻，那个人根本就不是你的菜。那不是你的口味变了，而是你的品位变了——原来，爱，还有更好、更健康的味道。

所以，前女友常常是男人心中的一道伤疤，既不忍去看，又无法挥之而去。如果你爱上了一个曾经经历过“长恋”的人，最好的办法就是：用你和他的幸福经历，去盖过他和她的曾经。既然注定无法更早一点地遇上他，那就用更快乐的方式拥有他。

世界上有许多出色的男人，而真正属于你的感情只有一份。千万不要因为别人的眼光而改变自己的挚爱，千万不要活在别人的眼光里而失去了自己，也不要因为爱人的沉默和不解风情而郁闷，因为，时间会告诉你，越是平凡的陪伴，就越长久。

感情不是梦想，世界上也没有十全十美的爱情，相爱就要相互包容。

文 / 佚名

做一个简单的人

人们总给“爱”添加各种含义，
其实这个字的解释也很简单，就是：
有个人，直到最后也没走。

许多人以为，两个人熟悉得像亲人就没爱情了。其实爱到平淡，才是一生的开始。浓烈的爱往往是流动的，爱你也会爱别人。所以重要的不是爱上你，而是只爱你一个。重要的不是爱有多深，而是能爱到底。找人恋爱很容易，难的是一辈子。所以请记住这句话：爱到亲人，才是永恒。

没有过不去的事情，只有过不去的心情。只要把心情变一变，世界就完全不一样了。

杯子寂寞，被倒进开水，滚烫的感觉，这就是恋爱的感觉。水变温了，杯子很舒服，这是生活的感觉。水变凉了，杯子害怕，也许这就是失去的感觉。水彻底地凉，杯子难受了，把水倒出。虽然杯子舒服了，但不小心掉在地上，摔成一片一片的，发现每一片上都有水的痕迹，知道心里还爱着水，想再爱一次，却不可能了。

一个人的快乐，不是因为他拥有的多，而是因为他计较的少。

世上最奢侈的人，是肯花时间陪你的人。谁的时间都有价值，把时间分给了你，就等于把自己的世界分给了你。世界那么大，有人肯陪你，是多大的情分？人们总给“爱”添加各种含义，其实这个字的解释也很简单，就是有个人，直到最后也没走。

有时阳光很好，有时阳光很暗，这就是生活，这才是生活。

愿你我都能做一个简单的人，平和而执着，谦虚而无畏。

文 / 佚名

圆滑世故的，只因爱得不够

其实，不管你爱过多少人，不管你爱得多么快乐或痛苦，
到最后，你不是学会了怎样去爱，而是学会了怎样爱自己。

爱情，就是一生的相濡以沫。不是因为少了你，我就无法存活，而是和你在一起的时候，比我一个人的时候更快乐。

真正好的爱情，需要一点点退后。当你退后保持起一定的距离，才能更完整地欣赏爱情的全貌。不过分的断缠，也许显得有那么点儿疏远。但这就是爱的真谛——要用能让对方感到舒适的方式爱对方。

在最爱的人面前，你看起来会像个孩子。每个人内心都有个永不长大的孩子，那是本真的天性。所谓的成长与成熟，只是把“童真”锁进了笼子。只有你最爱的人，才能把那“孩子”解放出来。爱是直达内心的时光机，带你回归人性最真纯

的状态。但凡圆滑世故的，只因爱得不够。

爱情是没有道理，争执到最后，道理清楚了，感情却没了。用理性的法则去驾驭感性，结果恐怕只有冷冰冰的无情。两个人的事，不用太明白，度自己把握，每人心中自有分寸。

很多时候，能够慢慢培养的，不是爱情，而是习惯；能够随着时间得到的，不是感情，而是感动。

所以，爱是一瞬间的礼物，有就有，没有就没有。遇见了心爱的人，可以说是幸运的，无论结局怎样，都可以说是幸福的。白头到老，固然很好，如果分手，或者为爱情伤心，也都很幸福，因为，毕竟爱过。

其实，不管你爱过多少人，不管你爱得多么快乐或痛苦，到最后，你不是学会了怎样去爱，而是学会了怎样爱自己。

文 / 佚名

爱是能在爱中得到幸福

如果付出的当下不是幸福，那么，那些饱含着付出的爱，
终究会变成不甘，变成债务，变成勒索，变成怨愤。
痛苦不能证明爱，爱是要能在爱中得到幸福。

一个有信仰的朋友说，爱，就是牺牲。我从前是接受的，现在，我不喜欢这个说法，不再喜欢一切让人痛苦的爱。

有这样一个故事。

临终，妻子问丈夫："每次吃鱼你都给我鱼头，我虽然觉得你爱吃鱼身，但也不至于每次都独占哪?"老头说："啊，我最爱吃鱼头，舍不得吃，才每次都忍着自己吃的欲望夹给你……"

我不喜欢这样的人生，很多人以为自己在默默地为对方付出，但是实际上，可能只是双方彼此的误解。我们给予的，我们以为是对方所需要的，但往往那是我们自己需要的东西。而很多人，就生活在这种人情枷锁和情感勒索之中。

看到过这样一段文字："我总是敏于他人的需求，实则是因为我耻于主动要求；我总是尽量不麻烦别人，源于我内心深处不喜欢被别人麻烦；我要求自己温和待人，也是因为我'玻璃心'受不了刀子嘴……表面上看，我努力爱人如己，实际上，我在画地为牢。"

其实，"我们要做的不是体恤别人身上假想的脆弱，而是应该重点打破自身的局限"。

如果你说"为你做事情，我踏着荆棘，不觉得辛苦，唯以为幸福。在爱你中，我已经圆满幸福，不复他求"，那么，我觉得这个爱是对的。

如果你说"我为了你，才宁可陷入让自己无比痛苦的绝望境地，但是我不后悔……"，我不觉得这是爱，这是自虐狂，是爱的讨债鬼。

喜欢那种可以坦然明媚地表达自己所需求的和自己所拒绝

的人。一个知道自己要什么的人，才能轻松地拒绝自己不要的东西。

实际上，如果付出的当下不是幸福，那么，那些饱含着付出的爱，终究会变成不甘、变成债务、变成勒索、变成怨愤。

痛苦不能证明爱，爱是要能在爱中得到幸福。

文 / 酒罢问君三语

没有软肋，也不需要铠甲

这世间最美好的一切，无不与自由有关。
而我更欣赏这样一种爱情：我爱你是因为你是自由的，
我爱你只是为了让你活得更自由，你越自由，我越爱你。

有人问，喜欢上一个人是什么感觉？有人回答，就好像突然有了软肋，又好像突然有了铠甲。

所谓的“软肋”，是说当所有的事情有关于那个人的时候，自己所有的心绪都被牵动了，哪怕你本来无坚不摧。相对应的，“铠甲”是当你在为某一些事情奋斗努力的时候，心底突然想到了某个人，就感觉像有了一副铠甲一样，会更有勇气地努力向前冲，哪怕原来的你脆弱得连试试的勇气都没有。

其实，软肋与铠甲都是因为“喜欢上了一个人”而产生的，倘若没有喜欢上某个人，就不会有因这份喜欢而带来的软肋与铠甲。

然而，爱情最好的状态，应该是没有软肋，也不需要铠甲。

这说的并不是薄情，让一个人不要投入真感情，这样也就没有了软肋与铠甲。如果没有被那个人牵动情绪，那么也就表示没有爱得那么深刻。

这话真正要表达的意思是，哪怕是心底有那么一个人让自己魂牵梦萦，但是也要保持一种“不以物喜，不以已悲”豁达淡然的心态。简单说就是，尽管你们都深爱对方，不管是在恋爱中还是已经结婚了，你们都是自由的。

你一直把对方困在自己身边，久而久之对方没有离你更近，反而更远。人总会因为不自由，而更加的渴望自由，所以我们的捆绑总是适得其反。

自由，我们总是说起来非常简单的，然而要控制自己的心境，达到豁达淡然的境界，不是一天两天能做到的，甚至有些人一辈子都难以达到。

更何况，爱情本来就是一件容易让人多思多想的事，一种特别丰富复杂的情感。所以，一旦爱上了，对方就是软肋，怕是再怎样坚强，都会被对方喜怒哀乐的情绪给牵扯，要做到学会给自己自由，给对方自由，似乎有些天方夜谭了。

当我们两个人都是深爱着对方又彼此独立的时候，我们会在价值观上面跟对方有很多的相似，起码你们都爱自由便是一点，这样的契合很重要。两个精神上契合的人，哪怕没有在生活中有很多的交流，但是因为你们的思维还是在同一水平面的，所以你们依旧能非常的聊得来。

我相信，真正的爱情是会让一个人的内心变得美好起来的。这世间最美好的一切，无不与自由有关。而我更欣赏这样一种爱情：我爱你是因为你是自由的，我爱你只是为了让你活得更自由，你越自由，我越爱你。

还有一点能让感情升温的是：距离产生美。没有捆绑，放手让你自由飞翔的爱，有时候会让感受到爱的人更加惦念。

当然，这里的前提是，你对自己、对对方都非常有信心，相信这样一个自由的相处模式能让你们的感情更加的升温，同时，还给你们独立的空间去专心自己的事业。而且，你的性格也是一个能够完全适应这个自由体系的人。

自由是空间与心灵上的自由，不仅要让自己自由，也要让对方自由。

文/佚名

有时候，听到一首老歌，就突然想起一个人。有时候，常常在回忆里挣扎，有很多过去无法释怀。有时候，看着时间一点点流逝，自己却无能为力。时常看到的那些怨偶，不是因为不爱，而是因为不会爱。人世间，那些彼此折磨得最疼的男女，不是因为不爱，而是因为不懂。

一辈子其实不长。能遇到心爱的人，是多么幸运的事，为何不紧握着他的手呢？一辈子只爱一个人，并不丢人。明明知道，除了他还会有更优秀的人出现，可是一个人不能这么贪心。一颗心需要去温暖另一颗心，坦诚相待，这样才可以幸福。

两人相爱，不可能不改变对方，
也不可能自己不改变。

爱情里，没有规则、没有对错、没有英雄、没有智者、更没有天才……在经典的爱情里，只会有两个傻瓜，牵着彼此的手，傻傻地爱着，傻傻地生活着，又傻傻地度过一辈子。

感情没有所谓的般配不般配，只有适合不适合。不是每个人都能遇到自己想要的那个人，但是每个人都会遇到一个适合自己的人。遇到那个人之后，一切复杂的条件都不再适用，一切喧闹的表面归于沉静，变得简单，变得无法用条件来限定。你无需处心积虑无需机关算尽来抓紧他，他也不会离开你的身边。

人的一生总有注定错失的姻缘，和你携手相伴的人，
或许不是你要的那杯茶，但你还是要饮下。

蝴蝶飞不过沧海，没有谁忍心责怪。

花不会因为你的疏离，来年不再盛开；
人却会因为你的错过，转身成为陌路。

第　四　辑

写给接纳

对于爱情的结果而言，接纳是最好的温柔。

无论是接纳一场两个人的天长地久，两个人的地老天荒，

还是接纳属于一个人的沧海桑田，一个人的独家记忆。

没有最好的分手

最后你才懂了，其实“好的分手方法”并不存在，
因为无论是哪一种方式，都无法让你的心被抚慰。
分手，就是分手了，再没有其他的。

分手的方式只有两种：自愿与非自愿。

或许，你一直都很羡慕可以和平分手的人。那是一种共识，代表两个人可以平心静气地看待彼此的关系，承认双方都很努力，问心无愧，然后，再把拥抱变成握手。

你们同时都接受了彼此的不完美，理解了爱情的不足够，因而最后能给予祝福，甚至，还能够成为朋友。当时你也才懂，原来爱情的结束就跟开始恋爱一样，都需要运气。

除此之外，其余的分手方式，早在一开始就注定了其中一方会受伤。

你曾经觉得，不当面提分手是一种轻视，是一种对你们爱情的不尊重，但后来你才惊觉，分手从来都不是一种礼貌，而是一种对待。

跟着你才发现，所谓的分手，原来没有什么样的方式才是最好的，面对面讲、传简讯，甚至是人间蒸发，其实上都是一样的。因为，无论见不见面，或理由动不动听，其实都只是给了一个离开的说法而已，最后都是指向爱情的终结，并无差别。而最终结果也都只会是，不管他的举动多么有诚意，理由多么婉转动人，都无法让爱回头。

最后你才懂了，其实“好的分手方法”并不存在，因为无论是哪一种方式，都无法让你的心被抚慰。

分手，就是分手了，再没有其他的。

所以，费尽心力去营造出好的分手气氛，对你们的爱情并没有帮助，对你也是。因为早在他说要结束的那一刻，你们的人生早就已经岔开，而他那些曾经对你的好，也都在那一刻跟着成为了过去式。所以无论是什么“好的分手方法”，都于事无补，事实是他再也无法对你们的爱情有所交代。

因此，当他做了离开的决定时，他的好，就变成了你最不需要的。因为，如果他还对你好，只会让你更离不开这段感情。拖泥带水的爱，不会让人幸福。所以，干脆一点，这样或许伤还会好得快一点，然后尽快开始新的生活。你已经失去了过去，而他的所谓的好，只会让你跟着赔上未来。

最终，即便无情，也就当作是最后的祝福吧。

文 / 肆一

人生，怎可能永如初见

即使知道最后的结局，还是会选择和他在一起吧。
青春没有被浪费，因为如果没有那个人，
我们还有什么青春可言？

人生，怎可能永如初见？除非故事根本不开始。既然享受了故事的美好过程，就必须接受最终潦草的结局。

我们常常安慰自己，大不了只是回到原点，可是我们心里都明白，没有什么能回到原点，记忆作祟，时光荏苒，看似从孑然一身又回到孑然一身，但是，我们再也不是原点的那个自己。

《海边的卡夫卡》中说：“回忆会从内侧温暖你的身体，同时又从内侧剧烈切割你的身体。”回忆与现实的反差，总是大到让我们不知所措。说着心疼你会永远陪你的那个人，现在也会是说着不要再来烦他的人；说着你最重要的那个人，现在也会是说你不比别人更特别的人；为博你一笑再辛苦也在所不惜的那个人，现在也会是连电话号都已经删掉的人。

曾以为亲密无间的人，终于变得陌生；曾以为能战胜一切的感情，终于败下阵来；曾以为能牵一辈子的他的手，终于只剩下自己的左手牵着右手。

后来，我们告诉自己，要好好爱自己。

后来，我们告诉自己，只有回不去的，没有过不去的。

后来，我们告诉自己，去爱吧，就像从来没有受过伤一样。

明明是握紧的手，明明是那般珍惜过的人，为什么走着走着，却都散了呢？人生的路，那般复杂吗，让他不小心走岔了一个路口，就再也找不到你。你大声呐喊，我还在这里啊，可是他已经转头离开了。

后来，我们越来越现实，越来越有所保留，终于听到再美的誓言也一笑而过，终于明白“永远”其实是最多被人相信的谎言。

可是，即使知道最后的结局，还是会选择和他在一起吧。青春没有“被浪费”，因为如果没有那个人，我们还有什么青春可言？

后来，我们不再期许“幸福就好”，我们很坦然很淡然地说“幸福过，就好”。

即使现在回忆起来那样难过，恨不得自己可以选择性失忆，然而相信终有一天，我们会感恩曾经的相遇，谢谢你，给我的一切美好。

心底能藏着这样的一个人，真的很好，他承载着你的青春，即使垂垂老去，你想起他，眼前看见的，一定还是当年那个穿着碎花长裙帆布鞋，在校园里横冲直撞的自己。

即使多年不联系，但可能那样也好，他在记忆里一直是年轻的模样，好像只要回去那个校园还能找到他，他骑着单车，穿着白衬衫，头发蓬乱，笑容灿烂。他还在那里等着你，给你递了一瓶水，你坐上他的车后座，一起去到哪里。

运气好的人，最后，爱情变成了习惯和亲情依旧牵绊着彼此，而还有一些爱情都默默地消失了，就如同当初默默地产生一般。要怎样将爱情进行到底？

如有来生，愿鲁且愚。

文 / 佚名

当年那个喜欢你的我

瑕疵，完满；相聚，离开。
我想说，我们终会在生命的某个转角里发现，
那些被辜负的被隐匿的被埋葬的喜欢，并不是毫无意义的。

我们都有过那种把喜欢一个人，看作和吃饭、念书、走路一样重要的日子，把喜欢看得特别郑重也非常固执。比暗恋要多一些，比恋情要少一些，像是一种简单的信仰，傻傻地坚守。

那种喜欢，或许一生也就只能那么一次了。多年后，我们终会在生命的某个转角里发现，那些被辜负的被隐匿的被埋葬的喜欢，并不是毫无意义的。

“谢谢你喜欢我。”
“我也很喜欢当年那个喜欢你的我。”

听到这样的一段对白，心里总会咯噔一下。这里面明明藏

着很多时光的秘密，虽然结果并没有美好到死，可是那种时过境迁后的小波澜却抵死动人。

我们都有过那种把喜欢一个人，看作和吃饭、念书、走路一样重要的日子。自己的心里像是默默地打开了一个开关，早晨一睁眼就想到一会儿早操能不能见到他，在返回教室的拥挤人潮里准确地分辨出他的背影心跳加快，装作不经意地和闺蜜一起路过某间教室和他不期而遇，认真对待每一场期末考，因为这决定了能和他分在一个考场，明明爱晴好灿烂，却看到他爱的阴天替他高兴不止。

那个我，浑身充满了莫名其妙的动力，生活被有序地分为了看到他的和看不到他的。看不到他的时候，我和我自己的幼稚的梦想一起并肩作战；看到他的时候，我会偷偷地想，他什么时候会从我的梦想变成和我一起并肩作战的人。

那个我，把喜欢看得特别郑重也非常固执。不愿随随便便地写信给他，信纸要精挑细选，内容要精雕细琢，写得自己也被感动，坐在半夜的房间里掉眼泪。想要探究关于他所有的世界，在他的朋友们那边一点点地收集细枝末节，还原出一个我不知道的他，然后听他爱的音乐，走他走过的路，心里满溢的是欢喜。

那个我，相信一切的美好。他的声音和冷幽默相得益彰，他的沉默寡言映衬着内心的千山万水，他操场上模糊不清的身影，有着别样的美感，甚至一厢情愿地将美好封存至很多年后。

好些年后，当经历了一些人事之后，突然发现，好难找到词句来定义那样的喜欢。比暗恋要多一些，比恋情要少一些，像是一种简单的信仰，傻傻地坚守。

那种喜欢，或许一生也就只能那么一次了。

在我还是一个不善言辞，内心倔强，容易脸红，敏感惆怅的小女生的时候，我却耗费了那么长的时间去做了一件这么巨大的毫无目的的事情。或许，相比现在的我，那个我要勇敢得多真诚得多，她更强大，更无畏，更顺从自己的坦荡的内心。

那样子倾心的喜欢，也让我相信了，我有能力这样去付出，用力爱，用心爱，尊重爱的价值和意义。

瑕疵，完满；相聚，离开。

我想说，我们终会在生命的某个转角里发现，那些被辜负的被隐匿的被埋葬的喜欢，并不是毫无意义的。

文 / 琐琐

恋爱痕迹

旧情人的面目早就模糊了，他们的旧习惯，却留了下来，
那些习惯，也许只是开易拉罐的方式，
刷牙的方法和说话的语气。

也许你已经离开了一个人很久，你已经不爱他了，但是有一天，你忽然发现，你仍然保持着一些他的习惯。

他习惯在关掉音响器材之前，先把音量调低，说这样可以延长音响器材的寿命。多年以后，你跟另外一个男人一起。一天，你赶着外出，匆忙之中，你仍然先调底音量，才把家中的音响器材关掉，这已经成为你的习惯。在某时某地，他也这样做着。

他习惯每次离家的时候，都留一盏灯。你曾说他浪费电力。他说，这是他从小到大的习惯，况且也不会浪费很多电力。分手多年，每次离家之前，你也习惯留一盏灯。后来，你

已经跟一个男人结婚，男人说，人离家了，还留一盏灯有点浪费。你理直气壮地告诉他：“这样不会浪费很多电力的。”

忽然之间，你想起，这不是你从小到大的习惯，而是你从前的男人的习惯。你跟他早就不再来往，你却偷走了他的习惯，据为己有。如果有一天，他就在你家对面，看到你外出前，总喜欢留一盏灯，他会觉得骄傲吗？

旧情人的面目早就模糊了，他们的旧习惯，却留了下来。那些习惯，也许只是开易拉罐的方式，刷牙的方法和说话的语气。不知不觉间，都变成我们的，这些习惯，也许会留给另一个人。

文 / 张小娴

那些没能陪你走下去的人

那些没能陪你走下去的人，变成了一个不定时炸弹。
每一次我们都要想尽办法，不去触碰这个雷区，
以免因为他们，再次将现在的生活炸得一塌糊涂。

有时候，那个你觉得一定会陪着你一辈子的人最终选择离开了你，或许，你还想不通，还没有办法忘记他。

这种感觉，如同恶者将你抛入冰湖，从冰面上看着你慢慢溺毙，而你最信任的人站在恶者身边，如同一棵树无动于衷。你一辈子也没办法告诉那个你曾经最信任的人，这是一种什么感觉，也无法再计较恶者的落井下石。

其实，时过境迁后，我们也懒得再去追究责任。因为已经没有意义，即便让全世界人知道整件事不是你的错，那个人也回不来了。

有人说，每个人的一辈子似乎都是住在火车站一样。年少时候的同学和玩伴，不知道搭了多久的车从天南地北聚集到这个火车站，总归又要急急忙忙搭火车奔往下一站，还没来得及回头看他们，火车就飞奔似的往各自的方向跑掉了。回过神来的时候，连彼此的背影也没捕捉到一角。

时间啊，真是不通人性的事物，也是它让我们第一次意识到，有一些人，注定无法陪你一辈子，只能陪你坐到下一站而已。

每个人都有过这样的经历吧？有一些人，只陪伴我们那么短暂的时间，连他们出现于眼前的意义都还没想到，他们就已经离开了我们的视线。

有时候会很认真在想，这样一件事也有所谓的“命中注定”吗？命中注定的擦身而过的人，是否又真是缘分不够？

那些没能陪你走下去的人，变成了一个不定时炸弹。每一次我们都要想尽办法，不去触碰这个雷区，以免因为他们，再次将现在的生活炸得一塌糊涂。

是啊，总是为这些逝去的人事和情谊感伤，不如加倍去好好对待身边坚守的人。一路包容自己走来的人不正是他们吗？如果因为光顾着伤怀回不去的过去，反而失去了一直守在身边的眼前人，不是一件更令人难过的事吗？

人的一生，像是在海上的航行。大部分人都怀着壮志扬帆，有人在海上迷失、有人被海妖迷惑、还有人遭海水淹没，只有极少数人能抵达彼岸。

要看清海面上的林林总总，还要提防海底下随时可能出现的危险，一个人死撑确实不是一件易事，所以，有人选择找个同伴相互依偎相互鼓励。

但有一些同伴注定不会陪你到达彼岸，你总要找个时候对没能陪你走下去的人正式告别——对这些陪伴过自己的人，曾经和自己有过很棒时光的人，向他们说再见。

我们祈祷下一站，会有更好的人上车，站在你的身边，勇敢握住你的手。

文 / 夏奈

曾经相遇，总胜过从未碰头

爱情，其实并不是以时间长短来衡量，
总有那么一种人，一见定终身；
总有那么一种爱，一眼抵万年。

所谓爱情，也许，就是当时当刻的他和她。爱情，其实并不是以时间长短来衡量，总有那么一种人，一见定终身；总有那么一种爱，一眼抵万年。

这世上，总有许多执迷不悟的人，为了一溪云、一帘梦、一出戏，倾注深情。而痴情本身就是一个寂寞的旅程，倘若无法承担其间的清冷与凉薄，莫如不要开始。

所以有时候，做一个有情有义的人，会比一个寡淡漠然的人更疲累吧。然而，终究会有那么一天，时间会让人明白，有些人，曾经相遇，总胜过从未碰头。

有时候，人的记忆总是那么的脆弱，往往一杯酒、一首歌、一个路口，就会勾起那些曾经的记忆，犹如海市蜃楼一般浮现在眼前。

那里面，有你的美、你的笑、你的泪；有他的错、他的坏、他的醉；也有你们曾经牵过的手、曾经许过的誓言、还有曾经憧憬过的幸福。

即使说过不爱了，说过不想了，说过忘记了，说过放弃了，但却依然明白，有的人，这辈子也许都无法在一起，可是，正是藏在心里的这个遥远的人，支撑了青春里最重要、最灿烂的那些日子。

许多看似拥有的，其实未必真的拥有；那些看似离去的，其实未必真的离开。

倘若因果真有定数，有朝一日，该忘记的都要忘记，该重逢的还会重逢。只不过，岁月乱云飞渡，那时候，或许已经换过另一种方式，另一份心境。

信步寻梦的人，在拥挤的尘路上相遇，也许陌生，也许熟悉；也许相依，也许背离。生命里，这些曾经相遇，总胜过从未碰头。

所以，有缘相聚的日子才更应该加倍珍惜，这样，当多年之后再想起那个人，才不会隐隐抱憾。

文 / 佚名

总有那么一个人

或许我们一直念念不忘的，不是那个人，
而是那段时光，还有那个时候的自己。
但是依然感谢，那个陪伴我们无数岁月的少年，
温柔了你整个的年少时光。

在那些美好的年华里，总有那么一个人，安静地躺在你的记忆里，温柔了你整个的青春岁月，也惊艳了你整个的年少时光。

即使再桀骜再骄傲的女子，看见他的时候也会温柔下来，即使再卑微再平凡的女子，也因了那个人的存在而活得丰富多彩。

那一个人，是天使一样的存在。

或许他不帅，或许他不乖，或许他并不出彩。可是，或许就因为一个眼神、一句话、一件事，他就在你的心里生了根、发了芽，渐渐枝繁叶茂，再不能忘怀。

情不知所起，却一往而深。怎么能忘呢，那一日，你眉眼清亮如水，声音清澈温暖，那一日的阳光，也是这般温暖缠绵，丝丝绕绕，缠绵成扣，扣扣尽在心前。

我记得你的笑容、你的声音，即使岁月遮蔽了记忆，多年以后，我依旧记得。

我喜欢的那个人如今怎么样了，他知道我喜欢他吗？我还记得初相见，阳光正好，微云缠绕，你的微笑阳光一般温暖，照耀我的整个季节。

多年以后，你或许早已不记得我的存在，我却依旧固执地想念着你的样子。

或许，我们多多少少都暗恋过某一个人，他静静地隐藏在你的心里，你安静而不动声色地在远处观望他，看流年浅变沧海桑田，却一直一直以旁观者的姿态，看他走过四季的温柔的侧脸。

为什么从来没想过要去表白呢，为什么你一直站在不远处却从来都没有勇气走上前呢，自卑吗？那样的他，应该是什么样的女生才有资格站在他的身旁？是否有一天，你也可以变成那样美好的模样？

你就那样一直一直，站在他的身后，为了他的表情而欢喜担忧，卑微的躲在了尘埃里，心里也是欢喜，却开不出花结不了果，你只能，看着，看着，直到他牵了别人的手，许下了天长地久。

然后你痛了，失落了，哭了也笑了。被辜负了吗？一直不被人注目的在身后，没有付出何来辜负？你笑了哭哭了笑，然后终于渐渐长大了。

我们都因了那个人的存在，一点一点变得温柔。然后，就渐渐地不去打扰，给不了你想要的温柔，只能一个人走，却还是被你的幸福刺伤了眼。然后，继续哭，继续笑，幻想变成想象中美好的样子，陪你白头终老。

年少的时候，我们总会轻易就泪流满面，更何况，面对的是那个天使一样的存在。

你曾经也幻想过，想象着他温柔的样子，冷酷的样子，想象着他是天使、是骑士、是王子，是一切美好的代言词。

他应该干净清爽，笑容明亮，他的白色衬衣上会有柠檬的清香，他温暖阳光，他的身上有无数你赋予的美好气质。

渐渐地，连你自己也分不清楚，自己喜欢的究竟是现实中的那个人，还是你幻想出来的美好样子。

你只是一天一天，一点一点，慢慢沉沦下去，他成了你心里唯一繁盛的枝丫。

可是，终于有一天，你们注定在注定的时间分散在天涯海角。然后，渐渐再也没有他的消息，只剩下你在安暖的流年里，安静地想念着汗珠从他的发梢甩落的样子，他骑着单车飞驰而过的样子，他冲着夕阳吹口哨的样子，那些你再也看不到的样子。

而你，也终于变成想象中的美好，却再也无法站在他的身前，说一句我喜欢着你。

有些人有些事，一旦错过便是永远。

然后有一天，你突然发现，你再也想不起他的样子，那个你爱了整整一个青春的少年，你再也无法想象出他应有的模样。只依稀记得，白色衬衣上闪烁着柔和的光芒，柠檬香飘散在记忆的路上。

然后你忍不住痛哭失声，却连自己也说不清楚，究竟是为了他还是为了自己，或许是为了那段消逝了的时光。

有一些事情，只有与青春绑在一起才是美好。

或许我们一直念念不忘的，不是那个人，而是那段时光，还有那个时候的自己。但是依然感谢，那个陪伴我们无数岁月的少年，温柔了你整个的年少时光。

文 / 大灰狼

时光，总会留下真正对的人

放下包袱吧，
我们要做的，就是时常看到自己所拥有的东西，
少把心思放在你失去的东西上，
真正要紧的，不是这个世界从你身上夺走了什么，
而是你打算如何去把握你还剩下的东西……

有的人来到你身边，是为了告诉你，什么是真情；有的人来到你身边，是为了告诉你，什么是假意。就像有的人来到你身边是为了给你温暖，而有的人是为了使你心寒。

其实，这一切都是生命的礼物，无论你喜欢与否，也要接受，然后学着明白它们的意义——生命是一场负重狂奔，时光，只会留下真正对的人。

是的，时光总会为你留下真正对的人。

初遇到那个人的时候，我们会这样认为：

我的幸福是缠绵在你的谎言之中，永远都不想要醒来，而

我的快乐，是荡漾在你的柔波里，盘踞在你的心里。

我的满足是能够每天融入你的脉动，聆听你的心律，而我的心愿，是和你一起在甜蜜中徜徉，在艰辛中跋涉。

我不奢望荣华，更不乞求富贵，只是想和你走过的地方，都留有我们爱的足迹……

年少的时候，总希望可以和一些人一生相随，希望那些爱和温暖可以一路相伴。长大以后却终究明白，岁月会消散。当繁华落尽，曲终人散，留下的也只有一地的荒凉。

是的，生命是一场漂泊的旅行。相聚之后会分开，遇见之后终将告别……

其实，命运无常。陪伴我们的，不一定懂得我们；温暖我们的，不一定能够相伴。

那些爱恨悲欢、聚散离合，既像繁花，也像落叶，都将随着季节的远去，随着时光的流逝而消散。留下的，是繁华之后的冷清。

以为可以生死相随的人，也许会半途迷失；以为可以一生不变的誓言，也许会最先沉落。

以为放不下的东西，其实并不重，重的只是我们太在意的心；以为自己一生不忘的爱，其实很轻，轻的会随某一个起风的黄昏轻轻飘落。

很多时候，我们可以用我们的所有时间和精力，所有的真心和真情，所有的欢笑和泪水，去演绎这场生命之旅。

所以，放下包袱吧，我们要做的，就是时常看到自己所拥有的东西，少把心思放在你失去的东西上。真正要紧的，不是这个世界从你身上夺走了什么，而是你打算如何去把握你还剩下的东西……

就像有人所说，当你又瘦又好看，钱包里都是自己努力赚来的钱的时候，你就会恍然大悟，哪有时间患得患失，哪有时间猜东猜西，哪有时间揣摩别人，你若盛开，蝴蝶自来，你若精彩，天自安排。

生命，是一场负重狂奔。然而，时光，总会留下真正对的人。

文 / 佚名

版权声明

我社编辑出版的《时光不老，你我不散》，由于无法与部分权利人取得联系，为了尊重作者权益，我方委托北京版权代理有限责任公司向权利人转付稿酬。本书的作者请与北京版权代理有限责任公司联系并领取稿酬。

联系方式如下：

北京版权代理有限责任公司

北京市海淀区知春路 23 号量子银座 1403 房间

邮编：100083

联系人：张艳

电话：133 1133 9559

QQ：603454598

邮箱：603454598@qq.com

现代出版社有限公司